Hermann Bärthel wurde 1932 in Hamburg geboren. Hier ging er zur Schule und von 1949 bis 1952 in die Lehre. Anschließend arbeitete er als Handwerker und war dann sechzehn Jahre lang als Textilkaufmann selbständig. Während dieser Zeit besuchte er das Abendgymnasium, und nach dem Abitur studierte Hermann Bärthel in Hamburg Germanistik, Anglistik und Erziehungswissenschaften. Bis zu seiner Pensionierung war er Lehrer am Gymnasium in Hamburg-Meiendorf – er ist verheiratet und hat zwei Söhne.
Hermann Bärthel ist Autor und Sprecher der NDR-Sendereihe ›Hör mal 'n beten to‹ und gestaltet Sendungen und Veranstaltungen wie ›Bärthels Jazz un Platt‹, ›Hermann in Äkschn‹ und ›Bärthels Platt Pläseer‹. Beiträge von ihm erschienen in Anthologien und seit 1977 veröffentlicht er seine plattdeutschen Satiren und Grotesken in Buchform.

Hermann Bärthel

SOKO
Wiehnacht

Quickborn-Verlag

Einige der in dieses Buch aufgenommenen Geschichten
sind bereits zuvor in anderem Zusammenhang
und in anderen Büchern des Autors veröffentlicht worden.

Die plattdeutsche Schreibweise des Autors
ist unverändert übernommen worden.

ISBN 978-3-87651-341-6

Umschlaggestaltung: Brandt-Zeichen
Birgit Busche-Brandt, Hannover
Gesamtherstellung: CPI – Clausen & Bosse GmbH, Leck
Der Umwelt zuliebe
auf chlorfrei gebleichtem Papier gedruckt
Printed in Germany

Inhalt

SOKO Wiehnacht

Albert un sien Fruu Christa leevt dat, wat 'n »beschauliches Dasein« nöömt. C&A, as se in uns Kring heet, hebbt 'n lüttes Huus in'n ruhige, lütte Straat mit Navers, de wiss ok all sutje, freedfardige Lüüd sünd. De Opregungen ut junge Johren sünd al lang vergeten, oder tominnst hebbt se de achter sick, un wat se noch vör sick hebbt, sünd sinnige Johren mit Familie, Frünnen un Freden.

Sünnerlich hüüt, an'n Hilligobendmeddag kann 'n sick goot vörstellen, wo kommodig dat in de Hüüs togeiht. Mag ween, de eenen kriegt Besök vun Kinner un Enkelkinner, de annern freit sick op 'n besinnlichen Obend, un de drütten hebbt noch wat to beschicken.

Albert is eerstmol een vun de drütten, denn he hett noch wat to doon, ehr datt he een vun de eersten is. He makt nu dat, wat he elkeen Hilligobend deit un wat bi C&A Traditschoon is – den Dannenboom opstellen un dekoreern mit Lüchten, Kringels, Kugeln un all den wunnerschönen Glitterkraam. Un dat deit he geern, för sien Fruu, för sien'n Söhn un Swiegerdochter, de twee Enkelkinner un – nich tolest – ok för sick.

He freit sick dor al wekenlang vörher op, un nu is dat ennelk sowiet. Klock söss schall de Besök kamen, un nu, halvig een, kümmt Albert ut de Döör.
He kiekt tofreen op de Sneeflocken, de üm em rümdanzt, un stappt röber to den Carport, wo he den staatschen Boom afstellt hett. Würklich 'n feinen Boom düttmol, extra wat grötter as fröher, denn de Kinner harrn em opdragen, datt he den Wiehnachtsmann – Bitte, bitte, bitte! – also he schull em dringend seggen, datt se 'n groten, noch wat gröttern – den allergröttsten …
Albert bleev stahn. Jo, groot weer de. Meist 'n beten to groot för em alleen to puckeln – Albert harr dat licht mol in't Krüüz.
He güng nochmol trüch un klopp an dat Kökenfinster: »Kunnst du woll mol eben – de Boom is mi doch 'n beten to unhandlich, so ganz alleen düssen Trumm …« Christa binnen nickköpp; jo, se wull glieks kamen, ehr datt he sick womögelk hüüt, an'n Hilligobend noch sien Krüüz – Ogenblick …
Albert weer al an sienen Carport, un Christa harr sick noch 'n ollen Mantel öbertrocken un keem ok anlopen. Mit veer Hannen weer dat denn 'n Kinnerspeel, un de Dannenboom stunn vör de Döör.
C&A ok. Se keken de Döör an, as harrn se de to Wiehnacht kregen un kunnen dat meist nich glöven – so'n schöne Döör! Un sowat vun to!! Christa lang ohn veel Höpen in ehre Manteltasch, un Albert lang sick an'n Kopp. Datt he keenen Slötel harr, weer klor, denn Christa weer jo in't Huus west to'n Opmaken. Man nu

weer Christa nich mehr in't Huus sünnern hier bi em, un in't Huus weer nüms, blots de feine Puut, de se jüst in'n Oven schaven harr.
Nah 'n Ogenblick Dööranstieren keken se sick sülvst an. Bi olle Ehepoore weet jo de eene mehrsdeels, wat de annere denkt, un so füng Christa liesen an to blarren. Albert schüddköpp meist 'n Minuut lang, un as dat nicks hölp, reck he sick mannhaft to siene Meternegen-unsösstig in de Höögt un beslööt, nich op dat Christkind to töven sünnern dat Problem sülvst to lösen.
He stevel vörsichtig üm't Huus rüm, jümmers op'n Kien, in den Snee nich de Glinsch to kriegen. Alle Finster to. Typisch. Dusendmol harr he de Finster sluten musst, wiel datt Christa dat egolweg vergeet – de mit ehrn Frischluftfimmel! Un nu weer keen Luuk open! Würklich typisch!!
Nevenan bi Söters brenn al de Kamin. Söters harrn sick dat kommodig makt; buten danzt de Sneeflocken, un binnen knackt de Holtklaben – herrlich!
Söter keek ut, nicks as witte Winterpracht allerwegens ... Dat heet – dor bi C&A üm dat Huus ... sliekt dor nich een rüm –? Weer man blots undüütlich to sehn in dat Sneedrieven, man wat wull de dor? Dat Huus weer duster, de Navers wiss nich dor ... Much ween bi de Kinner, hüüt an'n Hilligobend –? Un dor stunn doch ok lestiets so veel in't Kääsblatt över Stehleree un Spitzboven, de sünnerlich an so'n Obend, wo de Lüüd mit sick sülvst to doon harrn ...
»Kiek doch mol!« suuster he liesen to sien Fruu, »Dor is een bi C&A üm't Huus – kannst em sehn?«

Fruu Söter meen ok, dat weer gediegen, un so plünnig as de utseeg, also wenn dat man keen Inbreker weer, Gottogott, un dat an'n Hilligobend – »Hebbt wi ok unse Döör afslaten –??«

Herr Söter wüss nu, wat to doon weer – neenee, keen Bang, so dösig weer he nu nich, dat he rut güng, fragen, wat de dor to söken harr, un denn noch bi so'n Schietwedder! He telefoneer. Polizei. So un so, un datt de Typ bannig verdächtig utseeg! Allens klor. Se wullen nah 'n Rechten sehn. Roh bewohren, keen Grund för Opregung. Dor blieven, wo se sünd, Moin!

Moin ... Söter un Fruu stunnen wedder an't Finster achter de Gardin un plierten nah buten. Da ...! Dor is he wedder!

De Gestalt verswunn üm dat Huuseck. Un keem nah 'n Ogenblick mit 'n tweete Figur trüch! Also dat ... dat weer jo woll!!

Söter weer wedder an't Telefon: Datt dat nu al twee weern, de dor ...

De Fründ un Hölper meen ok, dat weer jo 'n Ding, Mannomann, un he wull furts Bescheed seggen, keen Sorg, geiht allens klor, blots keene Opregung! – – –

Albert harr middewiel Christa halt, üm ehr dat Finster to wiesen, dat villicht mit passliches Warktüüch – blots 'n kotten Slag mit 'n Hamer oder so ... Un se meen ok, dat weer jo een vun de ollen Finsters, wo se doch al lang mol 'n nieges, wat Durabels, un so keem dat nu nich op an, wenn dat tweikloppt wurr ...

Se tatter. Albert geev ehr sien Jack. Denn leep he dörch den Snee röber to den Carport, denn in sien

Auto wüss he nich blots Warktüüch sünnern ok noch sienen dicken Winterpaletot. Blots datt he nu keenen Wagenslötel to Hand harr, un dat Auto weer denn jüst so dicht as dat Huus. Tjä, dat hölp nu allens nicks – he müss versöken, de Wagendöör anners open to kriegen, mit 'n langen Draht villicht, dat harr he al mennigmol in'n Film sehn, wo de Ganoven dat anstellt –. Man in de Praxis weer dat doch 'n tähmlichen Tüdelkraam, ok wenn he an'n Posten 'n ollen Drahtbögel funn. Un he fummel wütig mit dat Drahtenn an, dat Finstergummi rüm ...

Söters sünd de Naverslüüd op de rechte Siet, Paulsens hebbt dat Huus links vun C&A. Se wullen jüst ut de Döör op Wiehnachtsbesök, dor packt he sien Fruu an'n Arm: »Pssst! Wees mol ... sühst dat? Dor bi den Carport! Dor makt sick doch een an Albert sienen Wagen to schaffen!«

Sien Fruu seeg den Autoknacker ok. Liesen trocken de Twee de Ööör wedder achter sick to, un he furts an't Telefon.

As de Oberwachtmeister de Adress hör, stunn furts 'n kumplette Bande vör siene Ogen, de dor – Ogenblick, dat wurrn se op de Steed ... mit Verstärkung, Alarm, düsse Blaas ward wi kriegen, Ruhe bewahren, wi sünd al ünnerwegens!!!

Albert harr sick dat to licht vörstellt. Ok Gangster will lehrt sien. Wat he mol eben bi Söters fröög? Also datt em dat nu nich glieks infullen weer!

He taps röber, man dor weer allens duster. Albert drück sien Nees an dat Döörfinster un bimmel. Söters, de twee Meter vör em op de Deel stunnen, drücken sick mit anholln Atem in de Eck. Dörch de Riffelschiev drauh Doot un Verdarven

De Doot reep nu halvluud to Christa röber, datt hier nüms tohuus weer, un de tweete Doot keem nu ok noch an Stövers Döör – leger kunn de Gefohr nich warrn!

Man nu, sotoseggen in leste Sekunn, wenn de Noot an gröttsten, weer de Rettung an … un so wieder. Denn dörch de stille Straat, dörch den stillen Winternahmeddag, egentlich al dörch de Stille Nacht rullen veer Wagen: Dree sünner Licht, dat weer de Polizei mit Verstärkung, un een mit Licht, dat weer Albert un Christas Besök.

Söben Uniformeerte, twee Zivilisten un twee Kinner sprüngen bi C&A ut de Wagen. Dat weern tosamen söben, de nich recht wüssen, wat loos weer. De Deenstlichen vunwegen wat dat schall, hier de Polizei bi »Ausübung« vun jem ehre Plichten, un datt bi »Fluchtgefahr«, dor wurrn se »von der Waffe« un so wieder!

Albert un Christa weern neeschierig ok rankamen un kunnen eerst recht nich begriepen, wat loos weer, sünnerlich as se ehre Kinner un Enkelkinner wies wurrn. Un noch geheemnisvuller wurr de Saak, as Söters un Paulsens dortokemen – dat heet, Fruu Söters bleev ut Vörsicht eerstmol ’n poor Schreed achter ehrn Mann; mit den Doot is nich to spoßen!

To’n Sluss weern dor denn söbenteihn Wiehnachtsmänner vör de toslaten Döör versammelt – tominnst

de twee Lütten harrn Wiehnachtsmannmützen op. Un wiel datt jümmers noch mehr Snee vun'n Heven danz un se all, inklusive Polente kolle Fööt kregen, dunner 'n sössteihnstimmiges »Hurraaa!« dörch den Hilligen Obend, as Albert un Christa ehrn Söhn mit'n plietsches Grienen 'n Slötel ut sien Tasch trock, un de Döör ennelk wedder open weer.
Achso, datt blots sössteihn Lüüd »Hurraaa!« bölken, leeg dor an, datt Christa vör Freid un Tähnklappern keen Woort rutbroch un ehrn Söhn blots stumm üm'n Hals full.
De Gode Stuuv weer twars 'n beten vull mit söbenteihn Personen, de Braten wat versmoort, de wittsneete Dannenboom ween posseerliche Strööm op den goden Teppichbodden, un de Beamten droffen in'n Deenst nich drinken, man Koffie un Wiehnachtsklöben weer jo ok wat Feines. Dat Teppichstroomdelta dröög mit de Tiet, un so'n Buddel Knallkööm is jo egentlich keen Alkohol, sowat is vör allen goot för den Kreislauf, sogor för Udels, ok wenn se nich jümmers in'n Kring loopt sünnern mehrsdeels liekut fohrt.
Un dat »Oh du fröhliche« ut söbenteihn Kehlen klüng so vun Harten fidel, datt ok de Heven sien Sneegardien wegtrock un de Maand festlich op den Freden op Eern schien – twars nich ganz so hell as Sohnemann siene Wagenlampen, de he vergeten harr uttoknipsen, man dorför wat länger, denn so'ne Autobatterie leevt jo nich ewig.

Inpacken

Geiht toenn nu, dat Johr. Fröh duster, laat hell, 'n triste Tiet, jojo …
Ok wenn wi in'n Harvst nochmol fein Wedder harrn – wurr denn doch allens rinhalt öbern Winter, de Gaarnstöhl, Sünnschirm vun'n Balkon – de Sommer ward wegslaten, in de Eck packt un inmott. Is echt 'n Stück vun dien Leven, dat denn inpackt ward. All de schönen Stunnen mit güllen Sünn an'n Heven, obends noch lang buten sitten, de Grillen snirpt, de Eerdbeerbowle lücht in't Glas, ach ja …
Vörbi. Ut. Wegrüümt in de Vergangenheit. Un denn so Platz makt för den dustern November, den kollen Dezember. Keene Bläder mehr an de Bööm, de Natur naakt un bloot, as weer dat allens nie nich dor west. Inpackt, utrangscheert, afserveert. Truurig, truurig, all de vullpackten Kisten op'n Rumpelböön, all de Pakken vull aflopen Tiet …
Heff güstern lang op'n Böön stahn un mi jem ankeken un bün in't Gruveln kamen öber de vergahn Tiet, un dor heff ick mi miteens wunnert öber den eenen groten Pappkarton in de achterste Eck – weer dat nich

dat Öös, dat wi lesten Wiehnachten stünnenlang söcht un nich funnen harrn –? Dat mit de smucken Lüchthollers? Mann, den heff ick jo woll to un to goot wegpackt …

Un ick heff dütthalven furts mol all de Wiehnachtssaken rutkramt, all de inpackten Seligkeiten, denn de poor Weken bit Hilligobend, de loopt jo as nicks!

Un mit de feinen Glitterkugeln, de Lüchten un Sleufen keem ok dat Kinnerlachen vun uns Enkels trüch, de Ruuch nah Dannen un Goosbraten steeg wedder ut de wegrüümten Kisten un Kasten, un dorto funn ick sogor noch den Büdel mit Sylvestergirlannen un – stell di dat blots vör: Twölf Oosterkörv mitsamts gröön Poppeergras! Un twee Oosterhasen heff ick al mol an de Siet stellt, denn wenn wi Wiehnacht to faten hebbt, is dat bit Oostern jo ok nich mehr lang hen!

Un mi is opfullen, wat dat Wedderutpacken doch för'n Spoß makt. Un den harrn wi jo nich, wenn wi vörher nich inpackt harrn!

Is dat nu nich 'n schöne Tiet?

Nachtwind

Dat glieks vörweg: Dat is nich komisch, wat ick nu vertell un nich mol 'n Grund to'n Grienen, hörst woll? Denn süh mol – in'n Dezember is dat jo al tähmlich frisch buten, sünnerlich nachts. Un wiel datt Ida un ick jo echte Frischluftfanatiker sünd, slaapt wi geern bi open Finster. Un dat sünnerlich, wenn Niklaasdag is, denn wo schall de arme Kirl anners rinkamen? Leider – un ick weet jo nich recht, wat dat an miene Nerven liggt, de bi mi as hoogsensibeln Mann jo licht ... also wenn de kolle Nachtwind öber mienen Kopp – ick ligg nämlich an de Finstersiet – op jeden Fall reizt de denn oftins miene Koppnerven. Un miene egentlich wallende Lockenpracht, dor is dat jo bi lütten mau mit, un is denn nich mehr veel mit Wärmedämmung ... Na goot; ick will mi nich beklagen, man datt 'n dor wat bi doon mutt, is klor, un as Ida den eenen Obend mit 'n rode Strickmütz ankeem, weer ick keen beten argdenkern un heff ehr noch dankt, datt se sick so üm mienen Kopp bemöh –. Man opsett heff ick den Koffiwarmer eerst, as dat Licht ut weer, denn in mien lebennige Phantasie seeg ick mi meist as een vun de Typen bi

Wilhelm Busch, oder in düsse Reklaam domols: »Nimm Darmol, dann geht's dir wohl!«, wo de Zippelmütz mit Nachthemd un Lantücht to'n Lokus pees. Un wenn di sowat nu ok infallt, denn ... As ick al seggt heff: Dat is nich komisch!
Du, un stell di vör – ick bün doch jüst an't Wegduseln, mit warmen Kopp un släperige Nerven, dor knipst Ida doch miteens dat Licht wedder an, bekiekt mi richtig neeschierig un pruust sick halv vun Sinnen!
Dat hett mi to denken geven. Ün wenn se de neegsten Nachten nah den Lichtschalter grabbel, heff ick de Mütz furts wedder afreten. Man güstern nacht bleev de Nachtdischlamp ut, un liekers weer dat miteens daghell, denn se hett mi mitmaal knipst – mit Blitzlicht! Över dat Foto hett se kliert: »Mien slaapmützigen Wiehnachtsmann!« Un dat wiest se mi nu jümmers, wenn ick mol eernsthaftig 'n philosophisches Stähtment ... Mol ehrlich – ick heff doch ok 'n Recht op Minschenwürde, nich?

Antizyklisch

»antizyklisch« is twars keen Plattdüütsch, man ick bün dat geern – tominnst bit annerlest. Nich jüst dat doon, wat se all makt, driest tegen den Strom swemmen, dat funn ick jümmers goot. Un so heff ick ok alltiets op den goden Raat hört, op keenen Fall an'n eersten Feriendag in Urlaub to fohren, vunwegen de Staugefohr. Blots mit de Tiet sünd ok all de annern Autofohrers klöker worrn un hebbt denn antizyklisch in'n Stau töövt. Also in düsse Hensicht weer ick »lernfähig« un heff op zyklisch ümsaddelt.
Man mit dat Inköpen hett dat bit leste Wiehnachten duuert, ehr datt ick – pass op: Hilligobend weer jo Middeweek, un so as de Doofies op 'n lesten Drücker loos – nee! Bün ick denn plietsch al an'n Maandag fröh halvig ölben in dat grote Inkööpcenter fohrt. Heff mienen Wagen op dat baberste Parkdeck afstellt un bün sutje in dat Center wannelt. Denn aber: Dor binnen weer de Düvel loos! De Lüüd hebbt sick wild un antizyklisch op de Fööt pedd, un as ick an de Kass 'n lange Slang seeg, heff ick mienen vullen Inkööpswagen eenfach in de Eck stellt un bün leddig rut ut

dat Gewöhl – gifft jo noch mehr Inkööpsparadiese!
Leider keem ick denn aber mit mien Auto nich vun dat baberste Parkdeck rünner; dat hett akkrat negenunveertig Minuten duurt, bit ick wedder op de Straat weer, un dor weer dat jüst so vull as in dat Parkhuus. Neejohr bün ick denn op 'n lesten Drücker loos un weer wedder zyklisch in de Bredullje – wat is blots mit de Minschen loos? Kennt nüms mehr den Ünnerscheed twüschen zyklisch un antizyklisch?
Un nich mol bi mi tohuus haut dat mehr hen! Wiel datt ick Ida jo nich in de Quer kamen will bi ehre morgenlichen Aktivitäten, bliev ick jümmers bit teihn, ölben in't Bett, un se hett dat woll ok alltiets estimeert un mi dat Fröhstück an't Bett brocht.
Lestiets aber is se partout antizyklisch ut'n Huus – spazeern oder op Besök – un ick mutt nu hungrig 'n niegen Dreih finnen twüschen zyklisch un antizyklisch! Gifft dat sowat as »außerzyklisch« –? Oder »antiunzyklisch«? Roop mi doch mol an! Bi mi presseert dat nämlich – ick bün al kumplett zykliseert!
Oh – dat is jo doch plattdüütsch!

Knüller

Gah mi blots loos mit Wiehnachten, wat dat wedder köst! Johr för Johr dat sülvige. Hier 'n poor Euro, dor 'n poor … Nee, dor kannst seggen, wat du wullt: Is allens düürer worrn! Echt! Ick mag al gor nich mehr henkieken, wenn ick betahl. Un dat ok blots noch mit EC-Koort. Bün ick denn beknackt, dor mit echte Euros to blechen? Un heff ick güstern knallhart to Ida seggt: Dütt Johr mit Limit! För jeden in de Familie blots noch twintig Euro. Höögstens dörtig.
Klor, se denn furts: »Un wassis mit de eine Büchercassette, die du hahm wiss? Kostoch allein achunvierzich!«
Man ick denn cool: »Wat nich geiht, dat geiht nu mol nich!« Un heff ehr denn de twintig Euro geven, de ick noch in mien Breeftasch för kommende … Se hett mi denn sogar hunnert Euro geven, wiel datt ehre Wiehnachtshandtasch hunnerttwintig, un ick much würklich weten, wo se de nu wedder – och, laat.
Ick heff al mol dacht, ick schriev eenfach 'n Bestseller. Hett nämlich de eene Ingelschmann mit sien'n Krimi, wo he dor gor nich mit rekent harr, datt he dor 'n Knül-

ler mit, un – batz! – weer he Millionär! Euro-Millionär!! Hett he sick denn op'n Stutz 'ne Villa köfft, in Frankriek. Also is denn bi em wiss nicks mit Limit to Wiehnachten!

Ick heff mi ok glieks hensett un anfungen mit 'n echten Wahnsinnsschocker. Man nah dree Stunnen heff ick markt, datt ick dat bit Wiehnachten nich mehr op de Reeg krieg, un de ingelsche Typ hett jo ok seggt, datt he för den neegsten Bestseller acht Johr brukt, un soveel Tiet heff ick nich mehr. Ick mutt wat finnen, dat fixer geiht: Wat sick gau schrifft un noch gauer verköfft. Un op de neegste Bökermesse ick denn as Bestseller-Autor mit Presse, Sluck un Sushi …

Sushi – jo, dat is dat öberhaupt! Wi schenkt Sushi to Wiehnachten! So'n Fisch köst nich de Welt, langt tweisnippelt för teihn Mann, keeneen mag seggen, he mag dat nich, un brukst vör allen keen Bammel to hebben, datt du dat Sushi neegst Johr in'n Julklapp wedder trüchkriggst – clever, nich?

Niege Tieden

He stunn dor un keek verbaast op den Breef, den he jüst kregen harr: »Im Zuge der Neuordnung unserer Vertriebssysteme …« un so wieder, un datt sien Job nu wegfallen dee, un dütthalven weer he »freigesetzt«, un allens Gode för de Tokunft! Klor, he harr dat jo al kamen sehn, as se anfüngen mit de billigen Typen ut de Oostblockblänner, de denn för ’n Appel un Ei Dag un Nacht den sworen Büdel sleppen deen, man datt se nu den Laden kumplett dichtmaken wullen, dat harr he nich glöövt! Denn wenn en ’n poorhunnert Johr lang penibel to rechte Tiet an’n veeruntwintigsten Dezember sien Plicht doon hett, denn kunn ’n doch woll verlangen, datt em nich so op’n Stutz de Büdel vör de Döör smeten wurr!

Un denn stattsdess düsse gelen Boden! Keen »Hohoho, hier kümmt de Wiehnachtsmann!«, blots so’n geellackeerte DHL-Box mit Automatenschap, wo de Lüüd ehre Wiehnachtspräsente rinsmieten un ok sülvst afhalen kunnen. Düsse seelenlosen Packstatschonen – kold, geel, un denn ok noch bi ALDI! Minschenverachtend weer dat! Pah, »Weihnachten, das

Fest der Liebe«! De armen Kinner ... He seeg dat al vör sick: Hilligobend, un vör de gelen Boxen Gören, de verfroren in de Küll mit beverige Lippen ehrn Wiehnachtsriemel dörch den ALDI-Ingang stahmern: »Liebe gelbe Packstation, ist das nun der ganze Lohn, daß ich artig war? Tag und Nacht, das ganze Jahr?« Nee, dat weer toveel! Dat wull he sick nich gefallen laten! De Post schull wat vun em to hören kriegen! Tatterig söch he de Telefonnummer rut, un wat müss he hören? »Sehr geehrte Kundin, sehr geehrter Kunde, die Geschäftszeiten der deutschen Post sind täglich von ...« Un wütig füür he sienen Büdel in de neegste DHL-Box.

Un wenn du in Tokunft Lüüd in Brass vör de Packstatschonen sühst, de den Automaten verkloppt, denn sünd dat wiss allens Wiehnachtsmänner, de nich mit de Post ehr niege Tiet gahn wüllt.

Fundsaak

Jeremias Peters weer 'n stillen, fründlichen Minschen. He weer Schoolmeister west, bit he vör dree Johren in Pengschoon güng – Lehrer an 'n Grund- un Hauptschool in Hamborg-Eimsbüttel. He leev alleen in 'ne Wahnung, de för em nu egentlich to groot weer; siet fiev Johren weer he Witwer. He harr 'n Dochter, de verheirot weer in Montreal – wied weg. An de Vulkshoogschool geev he noch eenmol de Week twee Stunnen Plattdüütsch-Ünnerricht – naja, »Ünnerricht« … He harr eben noch wat üm de Ohren, dat weer dat.

Nu weern Wiehnachtsferien, ok an de Vulkshoogschool. He harr den Vörmeddag an sien elektrische Iesenbahn rümpusselt un wull nu noch 'n beten an de Luft. Eten harr he noch nicks, eenfach keenen Aptiet; dat leeg woll an't Öller, denn brukt de Minsch nich mehr so veel.

He wull so as jümmers de Straat rechts rünner un denn dörch den lütten Park, mol kieken, wat de Dümpel al tofroren weer, man denn bleev he stahn: Weern egentlich nich goot, all düsse Gewohnheiten – jümmers de sülvige Trott, as geev dat nicks anners mehr … He keek nah baben, dat füng an to smuddeln, un em full in, wo mennigmol he fröher mit sien Fruu in'n Regen dörch de Straten spazeert weer – »Unter einem Regenschirm am Abend ...« harr se sungen, un he »I'm singin' in the rain ...«, so as Gene Kelley, un se harrn in de veelen Schaufinsters keken, inhakt, ünnern Schirm, sünner Tiet un Teel, domols

He güng links rünner nu. So kott för Wiehnachten weer in de groten Inkööpstraten veel Bedreev. Mol sehn, wat he nich 'n niegen Bausatz för sien Modellanlaag funn, denn so harr he wat to doon över de Fierdaag.

Weer würklich fix wat loos, vör allen in de Kööphüüs. He schaav sick dörch den Wiehnachtstrubel un funn sick miteens in 'ne Cafeteria, wat em topass keem, denn bi lütten harr he nu doch Smacht. He haal sick an dat Buffet 'n Tass Koffie un 'n Stück Botterkoken un güng sitten in de achterste Eck an'n leddigen Disch mit twee Stöhl. Un kreeg denn furts mit, datt he sick op wat ropsett harr. He lang ünner sick un harr 'n Geldkniep in de Hand. Dat harr schients nüms üm em rüm sehn, un he leeg dat Ding vör sick op den Disch. Wenn dat een hier vergeten harr, dee he wiss glieks wedderkamen; he harr jo Tiet.

As nah 'n gode Stunn – de Lüüd keken al 'n beten grantig op sien leddig Tass un Teller, düch em – as denn noch nüms bi em opkrüüzt weer, wull he dat Portemonottje an de Kass afgeven, man denn ... Wat weer, wenn de dor de Leddertasch eenfach – kunnst hüüt jo keeneen mehr öbern Weg truun ... Villicht beter, he geev dat sülvst trüch. Weer villicht 'n olle Fruu mit 'n lütte Rent, de dat dor vergeten harr un denn, so vör Wiehnachten, vun Harten selig weer, ehre spoorten poor Piepen to'n Fest noch bitieden …

Tohuus funn he in de Geldtasch veerhunnerttweeuntwintig Euro. Un 'ne EC-Koort, 'ne Kunnenkoort vun dat Kööphuus, 'n Zeddel vun 'ne Reinigung un 'n Rezept op 'n Fruu Lyda Dorfberg. Keen Adress.

Hmm … Lyda Dorfberg also …

He keek in sien Telefonbook – müss he dringend mol 'n nieges halen, dat hier weer al dree Johr old – un funn blots een Walter Dorfberg, un de weer Schosteenfeger.

Wat de Lyda woll den sien Fruu weer –?

He reep dor an. An't annere Enn mell sick 'n Fruu: »Ja –?«

Jeremias drucks 'n beten rüm – schull he nu furts mit de Döör in't Huus fallen? Oder eerst mol vörsichtig … mag jo ween, se weer gor nich düsse – Lyda …

»Ääh … spreche ich mit Frau Lyda Dorfberg –?«

Se argdenkern: »Ja – und??«

»Ich, äh, ich glaub, ich hab da was für Sie …« – Jeremias glucks liesen, de Saak füng an, em Spoß to maken. Man düsse Lyda kreeg dat schients in'n verkehrten Hals, denn se see nicks mehr, un stattsdess gell em 'ne Trillerfleit in't Ohr, datt em meist dat Trummelfell platz!

Jeremias knall den Hörer op de Gabel. Sowat harr he noch nich beleevt! In sien Ohr triller dat jümmers noch. De Olsch weer jo woll – wat full de blots in?!

Also de wull he sick aber nu eernsthaftig ... dat weer jo nu würklich – sowat!
He versöch dat nochmol. Düttmol holl he den Hörer 'n halven Meter vun sick weg, un dat weer goot so, denn dat Trillern weer ok so noch gräsig luud.
He keek op de Klock: Halvig söss. Denn in dat Telefonbook: De Olsch wahn in Barmbek – 'n halve Stunn dorhen. Wütig snapp he sienen Paletot, de schull em kennenlehren!
Kott nah söss stunn he bi Dorfberg vör de Döör un bimmel. Dat summ, un he stebel in'n tweeten Stock. Un bimmel wedder. De Döör wurr opklinkt, knapp 'n handbreet, 'n Kett klöter.
»Ja –? Bitte?«
Jeremias holl de Geldkniep hen: »Ich hab Sie eben angerufen und ...«
»Mein Gott – waren Sie das –? Oh nein ... Augenblick bitte ...«
De Kett wurr afhakt, de Döör weer open.
»Kommen Sie rein! Das tut mir schrecklich leid, aber ick kriege so oft diese Anrufe – Sie verstehen?«
Jeremias wink af: »Schon gut, schon gut – ich wollte Ihnen ja nur diese – das ist doch Ihre –?«
Se föhr em in de Wahnstuuv, he müss sick setten. Tass Tee, Ogenblick, wat weer dat blots schaneerlich, sick vörstellen, Jeremias Peters ...
»Jere ...??
Jo, Jeremias. Man de Lüüd nöhmen em mehrsdeels »Jerry«.
Angenehm, Lyda Dorfberg, Tee glieks fardig, »Bitte

einstweilen …«, Kandis oder Zucker – »So, und nun, lieber Herr Jerr … lieber Herr Peters …«
Weer 'n feinen Klönsnack. Ehr Mann, de Sottje, harr 'n Unfall hatt, weer denn lang krank west, un lest Johr – naja. So weer dat Leven. In de Leddertasch steek ok noch ehrn Utwies, den harr he översehn. Se wies em dat Passfoto. »Schon acht Jahre her, so wird man älter und älter, die Siebzig kommt näher und näher, jaja, die Zeit läuft …«
Un Jerry wull nu 'n beten op charmant maken un schäker: »Utsehn doot se aber as veertig, fööftig – höögstens!«
Lyda: »Bitte –? War das eben plattdeutsch? Haha, komisch – mein Mann hat auch immer auf platt, wenn er …« Se süüfz: »Tjä, wat schasst dor maken …«
Jerry wies denn ok noch sienen Pass, un se weern sick eenig, datt he op keenen Fall öller as … Un so wieder.
As Jeremias güng, harr he 'n wunnervullen Obend hatt un schimp mit sick, datt he mit ehr keen – »Date« heet dat jo woll hüüt – afmakt harr: Wat weer he doch för'n Drümpel!
Dat meen he ok noch tohuus, sünnerlich as he mark, datt he sien Breeftasch nich mehr harr.
Also dat weer jo nu … Müss woll passeert sien, as he ehr sien Passfoto wies un achteran de Breeftasch nich wedder insteken harr –.
Nochmol anropen –? Un kunn denn jo ok miteens fragen, wat se nich – klor! Dat weer dat! He telefoneer.
Se mell sick wedder mit: »Ja? Bitte?«

Un he: »Entschuldigen Sie bitte, aber ich … ich – kann es wohl sein, daß ich …«
Lyda: »Ach, Sie sind das! Sind Sie gut nach Hause gekommen?«
»Ja, danke. Aber ich – sagen Sie, hab ich vielleicht meine Brieftasche bei Ihnen liegen lassen?«
»Ihre Brieftasche? Nein, wieso?«
»Na, ich hab sie doch, als wir … als wir die Fotos – Mann, de mutt doch dor sien!«
»Bitte? Was – achso, das war … Ich schau mal eben … und hier noch mal … nein, hier ist sie nicht …«
Jeremias weer stumm. He wüss genau, datt he de Breeftasch dor rutnahmen harr un denn … »Hebbt Se ok goot – ick meen, nahkeken … Ich mein, haben Sie auch gründlich nachgesehen –?«
Dat weer verkehrt. Nu weer se wiss insnappt.
»Natürlich! Tut mir leid. War es sonst noch was?«
»Nee … Nee, es war man bloß … ich dachte …«
»Schön. Dann also tschüüs.«
Opleggt.
Jeremias weer baff. Dor harr he nich mit rekent. Op'n Weg nahuus weer he narms anners west, direktemang nahuus! De kunn doch gor nich annerwegens sien! Man datt düsse patente Fruu em so snippsch de Breeftasch – nee, dat pass nich tosamen! He krempel nochmol siene Taschen üm: Nicks. He versöch sick to besinnen, vun dat Bimmeln an de Döör bit to'n Sluss, as he de Trepp wedder rünner güng: Nicks. Un se seeg doch so leev ut! So slicht un eenfach, so gor nich etepetete!

He schüddköpp un süüfz. Sowat, nee! He güng sitten in sien'n Lehnstohl an't Finster un keek in den griesen Obend. Den Obend vör Wiehnachten …
Dor bimmel dat Telefon. –
Jeremias jump hoog un greep den Hörer: »Jeremias –?« un sett noch gau dorto: »– Peters?«, denn he wüss jo nich, wat se dat weer.
Man se weer dat.
»Herr Peters – tut mir wirklich … Also irgendwie komm ich aus dem Leidtun heut gar nicht wieder raus! Aber wissen Sie was? Als sie nämlich gingen, hab ich Ihnen … naja, eben … Ich stand ja zufällig am Fenster, nich, und da hab ich rein zufällig gesehen, wie Sie unter der Laterne stehen blieben und sich mit einem Taschentuch die Augen …«
»Ja, das, äh … das war der Wind da … meine Augen, die …«
»Ja, und sehn Sie, da hab ich mir nämlich gedacht hab ich mir da, also ich bin denn gleich noch mal eben runter, un stellt Se sick vör – dor leeg se!«
»Mien Breeftasch –?«
»Jo, ick nich! Un ick bün denn gau wedder rop, vunwegen dat Schietwedder – o Gott, nu snack ick ok noch platt! Aber das is nur, wenn ich aufgeregt bin, denn …«
»Worüm sünd Se denn opregt?«
»Naja … Ick bün doch so … so patzig west an't Telefon, un dat wull ick egentlich gor nich – können Sie mir noch einmal verzeihen?«
Jeremias vergeev ehr: »Do ick. Aber blots, wenn Se

Jerry to mi seggt un wedder so wunnerbor platt snackt!«

»Jerry …« suuster se, aber mehr to sick sülvst.

Jeremias seeg nu sien grote Schangs: »Kann ick de Breeftasch denn morgen vörmeddag ruthalen, un harrn Se denn villicht Lust …«

Man se keem em tovör: »Jo, geern! Man nahmeddags bün ick bi miene Kinner, de heff ick dat al lang – hab ich ihnen schon lange versprochen, nich? Aber … ich würde mich sehr freuen, wenn Sie, lieber … Jerry, wenn Sie vielleicht am ersten Weihnachtstag zum Kaffee – möögt Se Klöben? Sülvstbackten? Un villicht obends ’n feinen Goosbraten –?«

Jeremias slöök un see denn mit ruuche Stimm: »Oh Mann, ick frei mi! Würklich! Ick … oh, ick … Bit morgen fröh denn! Un – danke!«

Annern Morgen haal he sien Breeftasch af, stell nochmol fast, datt Lyda würklich leev utseeg un so patent, un koff denn för ehr ’n nieges düüres Ledderportemonnaie.

Un se för em op ’n lesten Drücker ’ne elegante Breeftasch.

Un eersten Wiehnachtsdag obends legen se freedvull een an’t anner ünnern Dannenboom – also dat Portemonnaie un de Breeftasch!

Oder wat harrst du glöövt –?

Wiehnacht up to date

Fröher, jo fröher, dor weer dat Wiehnachten jo eenfach mit de Präsente: Vadder kreeg ’n niegen Slips, Mudder ’n Buddel Parföng, de Grootvadder ’n Deodorant un de Gören wat to’n Speelen. Weer denn allens harmonisch, ok wenn Vadder den Smachtlappen wedder nich lieden much. Man hüüt kannst mit sowat nich mehr kamen. Wenn hüüt ünnern Dannenboom wild frolockt warrn schall, denn mööt diene wiehnachtlichen Beglückungen echt den Nerv vun uns Tiet drapen!

Ick heff hier denn so ’n poor rasante Tips för Förstklahsjubileerpräsente – pass op: Vadder kriggt ’ne Magnumbuddel Superbenzin, üm datt dat ennelk mol wedder klötert in sienen Autotank, un he kann denn meist dörtig Kilometer fohren, ehr datt em an de Tankstell de Slag dröppt.

Mudder findt ’n smucke Karaff mit Heizöl op ehrn Gavendisch un freit sick vun Harten över ’n Extradag warme Fööt; un wenn se Ofenheizung hett, villicht fiev Brikett mit’n rode Sleuf ümrüm.

De Kinner kriegt wahlwies ’n Krüsel mit Pietsch oder

twee handsnippelte Sticken för Kibbel-Kabbel; mit beide köönt se twars nicks anfangen, man sowat Alternatives wüllt de Naverskinner denn dringend ok hebben un makt jem ehr Vadder un Mudder verrückt, op de du jo al lang 'n Piek harrst.

Mit wat Opa bescheert ward, is heel wat Modernes: He hett doch jümmers Probleme mit sien'n Buuk, nich, also datt he all neeslang een'n fohren laten mutt, un is denn meist keen Ünnerscheed to de Köh op de Wisch, de jo mit jem ehre Darmwinde de Atmosphäre ramponeert; also is dat kumplette Ozon denn in'n Mors, wat denn ok goot tosamenpasst; all de Iesbargen daut weg as nicks, un is denn nich mehr veel loos op uns Eer.

Jo, un wenn 'n Bedreev toveel CO2 in de Luft puust, denn kann he doch Emissionshannel drieven un vun annere Firmen 'n Extraverlööf köpen för beten wat mehr Stinkeree – du markst al: Grootvadder höögt sick denn wiss öber 'n Emissionsverlööf ut Brüssel för hunnert ümweltfründliche Extrapuups vör de Döör!

Tjä, du – mit de Tiet gahn is allens, wenn ok blots vör de Döör.

Wenn de witte Fleeder ...

Hüüt ward jo allens künstlich makt, also wat normalerwies in de Natur eenfach so – seggt wi mol Fleeder, nich, kennst du doch: Wenn du an'n Fleederbusch snupperst – een Duft! Un weetst denn furts: So rüükt de Mai! Un büst selig an't Trällern: »Wenn der weiße Flieder – wieder blüht – sing ich dir mein schönstes – Liebeslied ...«

Büst echt häppieh denn. Un dat kannst hüüt ebenso goot ok künstlich hebben, in 'ne lütte Buddel, un kannst di dor denn sogor Wiehnachten oder Oostern an delekteern un muttst nich bit Mai töven. Op de Autowaschanlaag kannst di fein Rüükpläseeer ut 'n Automaten in dien Auto sprütten, un stinkt de Kalesch denn nich mehr nah Benzin oder natte Winneln – wenn ok nich beter. Kantüffelchips rüükt un smeckt nah Schinkenröök, vun Poppeerblomen stiggt di Rosenduft in de Nees, un gifft wiss ok echte Rosen, de nah Whisky rüükt, un is denn allens eben künstlich.

Jo, kiek – un ick finn, wiel datt Wiehnachten jo blots eenmol in't Johr is un du in düsse kotte Tiet gor nich recht dat original Wiehnachtsgeföhl hest, dütthalven weer dat doch goot, wenn du ok mol in'n Wonnemaand Mai vun Wiehnachten swögen kunnst statts vun witten Fleeder un den schöönsten Laffsong! Klor, nich eenfach mit Dannenruuch denn, nee, richtig dat wiehnachtliche Smeck- un Snuppervergnögen! Blots – wo rüükt egentlich Hilligobend? Nah Goosbraten? Nah Schoklodenkringel? Nah Nööt un Appelsinen? Seker, man dorto hört doch ok noch dat heimelige Stinken vun den brennenden Dannenboom, Unkel Willi sienen Piepenknaster, Oma ehre Hostenbontje – eben allens, wat Wiehnachten eerst to Wiehnachten makt!

Man düsse Mixtur hebbt se leider noch nich erfunnen, de gifft dat blots in echt, un is nu ok klor, worüm de Lüüd dat vör Wiehnachten all so schietenhilt hebbt: Unkel Willi plus Knaster, Oma mit Hostenbontje, Goos, Kringel, Füürversekerung – dat allens op de Reeg bringen: Dat duurt!

Nee, dor snupper ick Hilligobend lever witten Fleeder …

Unlust

Klor, ick will hier jo nich rümquesen, anners verdarv ick di noch de schöne Vörwiehnachtstiet; denn dat is jo bekannt, datt 'n vun morgens bit obends mit 'n positives Fiehling – anners hest egolweg Trabbl. Blots – dat kunn jo nu angahn, datt du jüst so as ick ... Also ick weet nich, lestiets hett mi jümmers wat fehlt ... also datt ick so'ne Unlust, versteihst du, nich direkt maladig, dat will ick nich seggen, man ok nich so poppenlustig –. Jo, kiek, un dat leeg nämlich blots dor an, datt ick bit denn keeneen Watersteen harr!
Dor fangt dat al mol mit an. Heff ick in so'n Katalog för wunnerbore Wiehnachtsgeschenke funnen, düsse eddeln Lapis-Vitalis-Watersteen, as Amethyst, Bergkristall un Rosenquarz. All ünner Garantie mit de Hand utsöcht un sogor »vorgetrommelt«, nu kümmst du! Reine Natur, nich wachst, nich farvt un keen Gift binnen. Un wenn du de för knapp söss Euro köffst, hest du, sotoseggen gratis, »allumfassende Harmonie« – sogor wenn Hilligobend Besök kümmt!
Heff ick mi furts bestellt. Ick weet twars noch nich, wat ick op de Klüten lutschen oder jem blots ankieken

schall, man dat ward woll op den Bipackzeddel stahn, anners frag ick mienen Arzt oder Aftheker.
Un in een Afwasch heff ick ok noch ’n Ogenkissen ankrüüzt. Dor sünd denn dröögte Appelsinenschalen binnen, un dat begööscht di op ’n Stutz, un den Besök kannst denn ok nich sehn. Ohrenkersen mööt ok sien, mit reinen Immenwass plus Zimaya – heel goot bi Stress an Wiehnachten. Leggst di op de rechte Siet un stickst di so’n Knüppel in’t linke Ohr; un wenn di dor denn een rophaut, kümmt de Sticken dörch dat annere Ohr wedder rut, wiel datt dor bi de Köpers wiss nicks twüschen is, wat em ophollt. Man de Stress is weg denn. Un de Besök villicht ok.
Un den Chi-Stimulator mutt ick mi op jeden Fall günnen! De süht twars ut as Ida ehrn Sneebessen in de Köök, aber hett echte Eddelsteenparlen an de Drohtennen. Kannst di dor sacht mit op ’n Baffi klöppeln un grienst denn selig as ’n Honnigkokenpeerd.
Un nah de Festdaag fehlt mi reinweg nicks mehr. Blots fievunsöbentig Euro. Oh, oh – wenn ick mi denn man nich wedder unlustig föhl …

De schöönste Tiet

Is dat nu nich wunnerbor? De schöönste Tiet in't Johr – nu steiht se wedder vör uns Döör un kloppt an! Un veele Lüüd doot so, as wenn se nich tohuus weern, seggt keenen Mucks un denkt sick: Gah blots wieder, klopp man annerwegens, ick heff för sowat keen Tiet!
Is dat nu nich gräsig? De schöönste Tiet in't Johr – un wi hebbt keen Tiet för ehr? Un ick meen, dat is doch nich so eenfach, keen Tiet för de Tiet to hebben! Dor mutt 'n doch echt 'ne philosophische dings … also Potenz för hebben, nich?
Heff ick jo leider – oder ok gottloov – nich, düsse Potenz. Ick heff dorför Tiet. Un wenn de schöönste Tiet luud noog ankloppt un ok noch Ida heet, denn heff ick furts mienen Wunschzeddel praat. Denn to de rechte Wiehnachtsstimmung hört nu mol 'n Wunschzeddel mit dorto. Klor, in mien Öller mehr mit so ideelle Wünsche as … Nee, nich Weltfreden oder keen Noot mehr ünner de Minschen – dat sünd nämlich de Standardantwoorten in Telewischn vun Promis, de allens hebbt un nu dringend een op eddel, öko oder annern Höhnerglöven maken wullt.

Nee, mien Lengen geiht mehr op geistige Inhalte, also Böker … CDs – aber nich mit so deepsinnige Fragen as wat woll de olle Holzmichel noch leevt – un ok DVDs över olle Kulturen, ollen Whisky – an besten mit Smackproven dorbi – un ok ’n poor Pund Nougat nich to vergeten, denn de sett jo bi mi eerst all de Endorphine innegang, düsse Glückshormone, mit de ick miene Ümwelt in düsse schöönste Tiet vun’t Johr beglücken will – ok di, vergitt dat nich! Üm datt miene Mitminschen denn wedder mit lüchtende Ogen un seliges Smustern in düsse schöönste … As ick al seggt heff. Is dat nu nich wunnerbor?
Seliges Smustern heff ick seggt, nich dreckiges Grienen! Wenn dat allens is, wat du hier vun mien deepsinnige Bootschaft mitkregen hest, denn man …
Kannst woll gor nich wedder ophören mit dien alberne Gnuckseree, wat?
Naja, dor heff ick nu keen Tiet mehr für. Denn nu is jo würklich de schöönste Tiet in’t Johr kamen – aber nich för di! För di nich!! So!!!

Op de Spitz dreven

Extra 'n Tollstock harr Ewald sick insteken, denn so'n Geblaff as lest Johr wull he nich wedder hebben – bit Wiehnachten harr Lilo sick nich wedder inkregen! Un dorbi weer he dat doch west, de amenn Recht beholln harr mit de Stuvendeek: Tweemetertweeunfofftig! Un keen Zentimeter mehr! Man se egolweg, dat weer doch veel höger, un de Boom mit siene twee Meter sösstig pass dor doch locker rin, sogor wenn noch de Kugelspitz babenop kümmt! Un dat Enn vun't Leed? Hilligobend weer he wedder mit de stumpe Saag an't Gniedeln.

Nee, düttmol nich wedder. Un as de Twee nahmeddags Klock dree op den Ökohoff stunnen – müss jo partout Öko sien, dor weer mit Lilo nich to spoßen – dor harr he dat penibel Maat in'n Kopp: Twee Meter tweeunfofftig. Minus de … de … Wo lang weer man noch de Kugelspitz –? Weern dat veeruntwintig Zentimeter? Oder veerundörtig –? Un 'n poor Zentimeter güngen dor jo ok noch vun af, denn de prachtvulle Glitterspitz wurr jo noch öber de Dannenspitz schaven!

Nich datt Ewald nu 'n Püttjer is, man so mol eben

öbern Dumen, dat is nich sien Art. He jump wedder in sien Auto un kreeg jüst noch mit, datt Lilo em mit open Muul nahstier, man hören kunn he nicks, un dat weer jo wat Positives.
Tohuus funn he rut, datt de Dannenboomspitz veerundörtig Zentimeter lang weer. Un leider ok kaputt. Dat Enn, dat op de Dannenspitz to sitten kümmt, weer twei. Un ohn sowat sitt dat Ding jo nich fast op den Boom. Also ’n niege Dannenboomspitz köpen. Man wo lang wurr de denn sien? An besten weer dat jo, wenn ’n eerst de Spitz un denn den Boom köfft … Man nu wedder nah den Ökohoff, denn mit Lilo de Spitz köpen un nochmol trüch – denn weer dat jo al duster! Morgen harr he keen Tiet, öbermorgen Lilo, un denn weer al Hilligobend …
Ewald gruvel. Un denn funn he dat heel plietsch, nu eenfach gau sülvst ’n niege Spitz to köpen, un so suus he also loos.
In den Dromarkt weer dat vull. Ogenschienlich harr halv Düütschland ’n Jieper op ’n niege Dannenboomspitz. De leste harr Lilo vör … tööv mol … na, so teihn, foffteihn Johr weer dat woll al her, un de Dinger hüüt weern em ’n beten to – un ok so düür! Mann, weern dat Priesen! Dat keem jo meist düürer as de ganze Dannenboom!
Tjä, dat hölp jo allens nicks, un nah ’n halve Stunn müss he denn in’n suurn Appel bieten. Denn aber pees he loos, trüch nah den Ökohoff. Dat heet, eerst noch mol nahuus, denn dor harr he sienen Tollstock vergeten.

’n Kilometer vör den Ökohoff keem em Lilo tomööt. He harr ehr schier nich erkennt in dat Schummerlicht un keem eerst to’n Stahn, as he ehr schreen hör. Datt se ’n bramboorsches Organ harr, wüss he jo bi lütten, man so bedrohlich weer em dat noch nie nich vörkamen.
Tögerlich steeg he ut, un em weer tomoot as domols, wo he den lichten Blechschaden harr un bi den Opfohrunfall vör em so’n Tweemeter-Catcher ut dat Auto wuss … Denn aber weer se al bi em, see nicks, rull tücksch mit de Ogen, reet puustig ehr Döör op, un he müss denn woll instiegen, obschoons he wüss, wat nu kamen dee.
Un dat keem ok. Normalerwies kunn Ewald bi so’ne Erupschonen ’n beten op Distanz gahn, man in’n Auto is sowat jo nich mööglich. Un wedder utstiegen, dat weer wiss de Anfang vun ’n Supergau.
Nah acht Minuten bleev Lilo gottloov de Luft weg, un Ewald hör nah dat infernaalsche Dunnerwedder nich mol mehr siene Hupe, as he vör Schreck an dat Lenkrad stött.
Goot, nahdem datt he ehr mit veel Gedüür un noch veel mehr Beduurn all de dösigen Ümstänn verklort harr, de to jem ehre schicksolswore tweestünnige Trennung föhrt harrn, sünd se denn doch noch mol trüch to den Dannenboomverkööp, ok wenn dat nu al tähmlich duuster weer.
Man op den Ökohoff harrn se wunnerbor helle Lanteerns, de allerdings jümmers dor stunnen, wo se ehrn Dannenboom nich söchen. So müss Ewald veerteihn grote Bööm an’t Licht puckeln, jem utmeten, op Lilo

ehr »Neeneenee!« töven un de grönen Riesen wedder trüchsleppen. Bi Nummer foffteihn nickköpp se enelk gnädig: un de stolte Dannenboom harr ok de korrekte Läng. Blots nich den passlichen Pries. As Lilo aber wedder de Ogen verdreih, betahl Ewald mit luudes Tähngnastern, wo dat vun keem, datt he eenen Dag vör Wiehnachten noch to'n Tähndokter müss. Oplest brochen se den Prachtboom doch eenelk nah Huus, stellen em op de Terrass, un Freden kehr in bi jem bit Hilligobend ...

Akraat bit Hilligobendvörmeddag, teihn nah ölben. Dor harrn se dat gode Stück rinhalt un opstellt. Seeg echt smuck ut, sünnerlich nah dat penibel Utrichten ünner Lilo ehr Regeer un mit Ewald sien stief Krüüz.

As se em denn noog bewunnert harrn, snief Lilo argdenkern: »Segg mol rüükst du gor nicks –?«

Ewald snupper ok: »Jo ... man ick bün dat nich! Dat ... dat – weetst du, wo dat nah stinkt? Nah ... nah ...«

»Genau!« see Lilo, »Nah Kattenpiss!« Se snupper an de Eddeldann. »Dat is jo – ekelhaftig is dat jo! Wat hebbt de uns dor denn ünnerjubelt!! De sünd jo woll – op 'n Stutz geiht düsse Stinkstrünken wedder trüch! Stantepeh!!«

Ewald keek nah de Klock: »Al halvig twee ... Gläövst du, de sünd noch dor –?«

»Nich lang sabbeln – doon!« kummandeer Lilo un stebel so fix loos, datt Ewald mit den sworen Dannenboom meist nich achteran keem. De Wagen weer jo al vull Nodeln, un so möök dat nicks, datt he den Boom tähmlich wütig rinfüür.

De Ökoförster wull jüst dat Gitter afsparrn, as Ewald mit den Dannboom op em to raas as ’n ollen Ritter op ’n Lanzenturnier.
»Dat stinkt, dat Aas!« reep he al vun wieden, »Dor hebbt hunnert Katten an pinkelt! De kümmt mi nich in de Stuuv! Wi wüllt furts ’n annern hebben!«
»Hier sünd keene Katten«, meen de Förster, »Un wokeen dor an pinkelt hett, steiht dor jo ok nich bi. Un ’n annern Boom …« – he lach goodmöödig – »Kiekt Se sick man geern üm – is allens verköfft! Bit op de twee dor achtern …« un he wies in de Eck, »Dor kööont Se sick bedeenen, hahaha!«
De twee lesten Nodelkameroden weern intressante Mutatschonen. Dat eene gröne Elend harr knapp ’n halven Meter, twee Spitzen un ’n Zentner Woddeln in ’n Ammer. De annere weer öber dree Meter lang mit ’n afbroken Spitz un ünnen goot dree Meter breed. Babento weern de Twiegen an een Siet all nah ünnen bagen – dat seeg ut, as weer he ünnern Trecker kamen.
Ewald keem as eersten wedder to sick. »Dat kann jo woll nich wohr sien!« baller he loos, man dat weer wohr. He stamp mit ’n Foot op, un de lütte Nodeldwarg sack schients vör Schreck noch wat deeper in sienen Pott. Un Ewald düch, datt de lange Lulatsch sick vör Lachen schüddel.
Ewald un Lilo keken sick stumm an, schüddköppen, un denn wull Lilo sick füünsch den Lütten griepen, man de weer schients op’n Bodden fastnogelt! Ewald müss denn mit anpacken; de Ökohoff-Förster leet sick

nich mehr blicken, he süng wiss »O du fröhliche« achter sien Döör.
De gröne Pottpiefke wurr also ünner luudhals Schandeern aftransporteert, Klock veer op 'n lütten Disch in de Wiehnachtsstuuv stellt un seeg so tominnst op'n eersten Blick 'n beten grötter ut. Man veel beter ok nich. Sünnerlich de niege glitterige, buntklörige Dannenboomspitz düch wat överdimensioneert; se weer meist länger as de ganze Boom, un ehr smucke, zoorte Pracht nehm sick wunnerlich ut tegen den plumpen Woddelpott. Op de tweete Dannenspitz harr Ewald de olle kaputte Spitz kleevt, wat nich blots wunnerlich utseeg sünnern moi bekloppt. Un Lilo hör al den Wiehnachtsbesök pruusten, wieldess se in 'ne annere Richtung keken.
Man wat mutt, dat mutt, un wat nich to ännern is, dat is nu mol nich – se hebbt sick eerstmol eenen inschenkt, un so gediegen seeg de Dannenboom denn ok gor nich mehr ut. Un wiel datt Lilo 'n godes Hart hett, dee se ok den Lütten 'n Sluck günnen – över 'n Liter slöök de Pott. Dat weer woll hoge Tiet west, anners weer de arme Kirl wiss verdröögt.
Veel Dannenboomsmuck weer düttmol nich nödig, un as de söben Kersen lüchten, weer ok bi Lilo un Ewald »den Menschen ein Wohlgefallen«, un datt dat buten regen dee statts sneen, stör ehrn Wiehnachtsfreden afsluut nich.
As se aber för't Eten de Stuvenlamp anknipsen, kregen se mit, datt dat nich blots buten regen dee, nee, ok ut den Woddelammer rut, denn de harr 'n Sprung.

Ümmer so eben weg drüppel dat vun'n Disch rünner, un de Raasch mutt Lilo öberminschliche Kraft geven hebben, denn düttmol pack se den ammerigen Duppelstrünken un wucht em in eenen Rutsch nah buten op de Terrass. Wenn Ewald nich fix noch de Döör opreten harr, weer se förwiss dörch de Schiev bossen. Denn reet se de niege Glitterspitz af, baller achter sick de Döör to un snucker noch 'n Stunn lang öber den middewiel kollen Wiehnachtsbraten.
Laat an'n Hilligobend wurr denn aber noch 'n Buddel Knallköm opmakt, un Ewald keem sogor op 'n grootartigen Infall: He leet de kostbore Dannenboomspitz an'n dünnen Faden vun de Deek bummeln, jüst dor, wo anners jümmers de Dannenboom stunn. Öbern Kersenholler op den lütten Disch dreih se sick nu vull Anmoot as 'n lütte Dänzersch op Tehnspitzen. Un beid weern sick eenig, datt se noch nie nich soveel himmlische Pracht in ehre Stuuv harrn.
Blots de Besök an'n eersten Wiehnachtsdag bruuk wat länger, ehr datt em de himmlische Pracht opgüng, un so recht locker wurrn se eerst wedder, nahdem Lilo un Ewald ehr dramatisches Dannenboomaventüür een bi een vertellt harrn.
In de tokamen Johren weer dat bi jem dat Standardwiehnachtsprogramm, un wenn de Geschicht ok vun Johr to Johr opregender wurr – de feine Glitterspitz sweev as jümmers rank un slank as 'n Ballerina dörch de Wiehnacht.
Un dat deit doch richtig goot in uns hektische Tiet, finnst nich ok?

Eine Muh, eine Mäh …

Kennst doch dat schöne Wiehnachtsleed »Eine Muh, eine Mäh, eine Tätterettettä«, sowat kregen Kinner woll fröher vun'n Wiehnachtsmann. De »Tätterettettä« kann ick noch verstahn, to so'n lütte Blechtrumpeet hebbt se sick wiss freit, man 'ne »Muh« –? Oder 'ne »Mäh«? 'ne Koh ünnern Dannenboom? Nee, dat weer woll eenfach 'n lütte Koh oder Schaap ut Holt, un kunnen de Kinner denn fein Buurnhoff mit spelen.
Hüüt ward de Gören ünnern Dannenboom fit makt för Chatten, Mailen un dat Cyberspaceleven, wo se denn as allmächtigen Atavar, as so'n virtuellen Wunschdröömling kumplett sinnloos rümwuselt. Se drückt un dreiht an Superhandys, Speelkunsolen un Laptops rüm un sünd denn so allerbest utrüst för 'n güllen Tokunft.
Oder ok nich. Denn de Wiehnachtsmann hett dütt Johr nicks för jem in'n Büdel – nich mol 'ne Muh, 'ne Mäh oder 'ne Tätterettettä. Denn jem ehre Öllern hebbt fix een mitkregen bi Lehman Brothers oder annere Bank-Rastellis un locker -tichdusende in'n Sand sett. Denn is eerstmol Sense mit güllen Tokunft, un

kloke Öllern schullen de Kinner man lever fit maken för heel annere Tieden un jem dat feine Speel schenken: »DER KLEINE BANKER – die lustige Jagd auf Derivate, Swaps, Trusts und Boni! Lachen ohne Ende!« Oder dat opregende »GEN-PUZZLE«! Jeden Snippel is ’n anneres Gen, un wo dat Puzzle achteran utsüht, weet nüms vörher; man ’n Ei, ut dat ’ne Koh krabbelt, ’n Appelboom mit Rhabarberstrünken oder ’n Wiehnachtsengel mit Flegenbaffi, dat makt doch Stimmung!
Man wenn de Öllern noch klöker sünd, schenkt se ehre Kinner ’n Märkenbook mit dat Märken vun den Fischer un sien Fruu; weetst doch, wo de Olsch jümmers so gierig weer un nie nich tofreen un to’n Sluss sogor Köönig, Kaiser un Papst sien wull! Un denn seet se statts in’n Palast wedder in ehrn ollen Pisspott.
Un mol ehrlich: Datt ’n Pisspott nicks ünnern Dannenboom to söken hett, versteiht ok de gröttste lütte Dööskopp.
Un de klökern Öllern markt villicht: Jümmers Gier op Geld in’n Sinn föhrt di blots in’n Pisspott rin!

O du fröhliche ...

Ick finn dat korrekt. Denn wees mol ehrlich – hest du nich ok al mol wat vergeten? Sünnerlich to Wiehnachten? Mol seggen Hilligobend: De Dannenboom ward opstellt, un miteens fohrt di de Schreck in de Knaken – 'neem sünd de Kersen?? De Kersen hest vergeten, un nu hebbt de Ladens dicht! Mehr Arger to Wiehnacht geiht jo nu würklich nich, un jeden vernünftigen Minschen mutt doch woll togeven, datt 'n lütten Henwies vörher de reine Segen west weer – harrst di all den Trabbl sporen kunnt.

Un dütthalven finn ick dat nich blots korrekt, nee, dat is direkt minschenfründlich, wenn dat al in'n Oktober allerwegens anfangt to bimmeln, to glittern un to frolocken! Oktober –? Wat segg ick: Al in'n August heff ick in'n Schaufinster vun 'n Juwelier 'n schamig lütt Schild leest: »Und ist der Sommer noch so fein, es wird auch wieder Weihnacht sein! Gern senden wir Ihnen später, was Sie heute bestellen.«

Deit goot, to föhlen, wo sick annere üm di un diene Probleme sorgt. Un wiel datt ick jo ok 'n Hart heff för miene Mitminschen, ganz besünners för di, ward dat

för mi allerhöögste Tiet, di hüüt al eernsthaftig antostöten, datt du de Körv nich vergittst! Also de lütten Körv för de Oostereier! Denn Oostern steiht jo al vör de Döör, de poor Weken loopt jo weg as nicks! Un dorto dat gröne Poppeergras nich vergeten! De lütten Küken för de Dischdekoratschoon! Oostereier kannst nu al fein ut Marzipanbrööt nudeln un jem denn ok glieks versteken – bit Oostern hest dat wiss vergeten un kannst fidel mitsöken! Un wenn dat as Oostermenü Lammbraten geven schall: Den kannst ok furts köpen, deepköhlt ut Neuseeland, de hollt sick locker bit Oostern, un wenn du wullt, sogor bit Wiehnachten – neegst Johr, versteiht sick. Man vun Wiehnachten wüllt wi nu noch nich snacken, nu is eerstmol Oostern an de Reeg. Un so trallaart wi nu all gemeensom: Morgen kommt der Osterhas, kommt mit seinen Gaben! Amsel, Drossel, Fink und Star, zufrieden jauchzet Groß und Klein: To Pingsten, ach wie schöön, wenn de Natur so gröön …
Wat heet, ick krieg hier wat dörchnanner? Bi Wiehnacht al in'n Sommer segg ick fidel un driest »Helau!«

Wunnerbor

Hüüt geiht dat jo allens mit CD-Rom. Nicks mehr mit Lesen, blots noch Kieken. De dicksten Böker mit dusend Sieden – allens op so'n lütte Schiev. De Technik is wunnerbor. Mol seggen Lexikon: Fröher – veeruntwintig Schinken op 'n poor Meter Bökerregal! Seeg denn echt nah wat ut. Nah Büldung. Weer abers Tühnkram, denn rinkieken dee dor jo nüms; Negenunnegentigkommanegen Perzent för nassing. Un den sülvigen Quatsch gifft dat nu op so'n blanken Glitterteller. Pliert denn ok nie nich een rop, sport aber veel Regal un is denn so 'n düütlichen Fortschritt.

Man nu, to'n Johrsenn, nu gifft dat noch wat Wunnerboreres; den niegen Daschenkalenner, womöglich sogor as Wiehnachtsgeschenk. Steiht meist so veel binnen as op de Lexikon-Rom, un kannst dor jüst so wenig mit anfangen. Kannst aber all neeslang dor rinkieken, wenn du mol op wat töven muttst oder Langewiel hest un denn nicks anners to Hand is as de Kalenner oder dien Nees. Un wunnerst di sodennig, wat du bit nu allens nich wusst hest: Sünn- un Maandünnergang in Passau söbenteihn Minuten fröher, in Bremen dree Minuten later as nah MEZ, un dat ok noch sünner Breitenkorrektion! Wahnsinn. Entfernung twüschen Wuppertal un Dresden is sösshunnertsössuntwintig in Stratenkilometer, man sösshunnertsössundörtig in Bahnkilometer! Un de fievuntwintigste Juli negenteihnhunnertachunveertig weer op'n Sünndag – segg blots! Och, un 'n Gon is 'n veerhunnertstel Vollwinkel, un de Äquivalentdosis Sievert is een Joul per Kilogramm. Dreeunsöbentig Grad Kelvin sünd glatt dreehunnertachuntwintig Grad Fahrenheit, un een Minut Huultoon heet in'n Freden, du schallst dien Radio inschalten, un gifft denn noch nich mol »Hör mal 'n beten to«.

Süh, dat un noch veel mehr kannst al ut eenen Daschenkalenner ruthalen. Dor gifft dat aber dusende vun, all vull mit ünnerscheedlichen Quark un all liek sinnloos. Man kannst di jo ok statts dor rintokieken in de Nees pulen. Un wunnerst di denn jüst so, wat du dor allens rut … Aber bitte nich to Wiehnachten.

Märkenstunn

Wenn du so in de Wiehnachtstiet de Kinner Märken verteilen wullt, denn finnt de dat mehrsdeels nich cool, man wenn du »Hänsel und Gretel« 'n beten aktualiseerst, denn süht dat villicht anners ut ... Settst di also kommodig mit de Gören vör den Plastik-Wiehnachtsmann, de jümmers fidel »Jingle Bells« singt un dorto in'n Takt mit'n Mors wackelt, un denn fangt he an, de niege Trip in't Märkenland ...

As vör gor nich so lange Tiet Inspekter Hänsel un sien Kollegin Gretel vun de Ümweltbehörde 'n Ortsbesichtigungstermin harrn, speel ünnerwegens Hänsel sien Navi verrückt, un se keemen dörch 'n dustern Wald. Per Tofall lannen se denn vör 'n eensom Huus, un sowat vun Fassadendämmung harrn se noch nich sehn: Dat kumplette Huus weer effektiv isoleert – dat müssen se sick ut de Neegte ankieken! Se stegen ut un kunnen dat nich glöven – de Muurn weern oppulstert mit dicke Dämmplatten ut Bio-Vullkoornbroot! Hänsel brook driest 'n Stück af – echt smackig! Gretel harr sick wieldess de Finsterschieven vörnahmen – dreefach zuckerisoleert! Op de Steed harr se 'n lüttes Finster opknabbert, un as Hänsel ok noch de Aufspardämmung op dat Dack ut Honnigkoken un Pepernööt probeer, keem 'ne fuchtige Seniorin rut un fröög jem: »Knusper, knusper, knäuschen – wer knuspert an mein'm Häuschen –?« Un Hänsel anter vergnögt: »De Wind, de Wind, dat himmlische Kind!«

Dat wurr nu 'n fidele Runn, un de Lähdie kunn jo woll hexen un blaufarven, denn miteens serveer se jem söte Pannkoken, de se op ehrn niegen Energiespoorheerd brutzelt harr. Un as se jem denn noch ehrn Wärmeaustauscher wies, de bi achteihn KW 'ne Druckdifferenz vun Nullkommanullacht in hPa harr, weern Hänsel un Gretel hen un futsch. Blots de Deepköhlkist weer 'n beten problematisch. Dat weer twars ok 'n Energiespoormodell, man dor binnen legen Kinner, Touristen un Jogger! Weer aber allens ut Biohaltung, düsse Wiehnachtsbraten, see de Seniorin un wull jem dor ok noch 'n Kotlett vun braden; Hänsel müss denn 'ne Mängelmitteilung schrieven nah § 13, Absatz 1.

Un ick bedank mi bi mienen Sottje för de feine Märkenvörlaag, de ick elkeen Johr krieg nah »Überprüfung der Abgasführung von Feuerstätten«.

Schöne Bescherung …

Wannehr Lieschen un ehr Mann op den Infall kamen sünd, dor kunnen se sick laterto nich mehr enig öber warrn. Een geev den annern de Schuld; Kuddl meen, se harr op de Möbelmess domols in'n Sommer egolweg nah 'n niege Köök queest, un Lieschen see, datt he dat jümmers wedder op de lange Bank schaven harr – egol: Op jeden Fall weer dat 'n Wiehnacht, de se ehr Leven lang nich vergeten schullen.

Un is jo nu nich so, datt Lieschen dor alleen achteran weer, nee, ehr Kuddl funn de Idee mit de niege Köök ok nich slecht, denn de olle seeg bi lütten würklich to schedderig ut!

Nee, 'n niege Köök, dat weer al wat. He harr denn ok furts nah ehrn Urlaub 'ne grote Kökenfirma anropen, un twee Daag later keem al een vun de Mackers dor ansuust mit Lineaal un Tollstock. He weer een vun düsse Optimisten, de sick noch öber de schöne Utsicht freit, wenn se vun'n Karktoorn fallt. He geev jem dat Geföhl, de niege Köök weer 'n Saak vun 'n poor Stunnen – Poor Fliesen dor, 'n niege Leitung hier, lütt Lock in de Muur, Water op de annere Siet, fardig weer de

Lack! Weer sotoseggen över Nacht doon. Denn güng he wedder un wünsch al veel Spoß in de niege Kòök. Dat weer an'n achuntwintigsten August.
An'n drütten September kregen se 'n fröhlichen Breef vun dat Kökenland: De Grundriss weer fardig! Un 'n Week later keem de grote Ogenblick: Lieschen seeg to'n eersten Mol ehr tokamen Paradies! Se weer hen un futsch. Kuddl blots futsch, denn he harr mitkregen, wat de Spoß kösten schull, un Lieschen kunn em jüst noch an'n Utgang fastholln. Nah 'n Stunn Brägenwäsch in dat Möbelhuus-Cafe seeg he in, datt dat jo nu ok wat för't Leven weer, un dor schull dat op de poor Euro doch nich op ankamen – dat meen tominnst Lieschen, wieldess Kuddl bi de »poor Euros« gnurr as 'n wütigen Köter. Egol: Söss Weken schull dat duurn, bit de Möbel opstellt ward, in'n Oktober also. Lieschen frei sick bannig, se seeg sick al in ehr niege Kòök de smackigsten Wiehnachtskoken backen. Kuddl frei sick ok, denn nah de lange Sabbelee mit den Verköper müss he nu nödig to'n Pinkeln. Op dat Kunnenklo full em in, datt de Optimist mit dat Lineaal doch wat vun niege Fliesen, Leitungen un Muurlöker vertellt harr! He also wedder trüch, un de Verköper funn dat denn ok goot, datt Kuddl dat noch infullen weer – em weer doch glieks so west, as harrn se noch wat vergeten … Man wenn en dat bitieden weet, is sowat jo 'n Klacks; se wurrn noch vun em hören, de Handwarkers mellt sick al to rechte Tiet, veelen Dank un veel Spoß in de niege Kòök …
Op de Kökenfirma kunn 'n sick verlaten. Akraat an'n

veerteihnten Oktober funn Lieschen ’n Zeddel in’n Breefkasten, datt morgen, Klock acht, de niege Köök ankeem! Kuddl kunn sien Fruu an’t Telefon eerst gor nich verstahn, wiel datt se so opreegt bölken dee, man denn keem he in Äkschn! Den Verköper in dat Kökenland platz meist dat Trummelfell. Man he söch de Ünnerlagen rut, un dor stunn nicks vun Fliesen un niege Leitungen! Dat weer aber jo keen Mallör, he wull dat geern för Kuddl arrangscheern, för em weer de Kunn noch Köönig! As Kuddl dat hör, reet he sick tosamen, so as sick dat för’n Köönig schickt. Blots as de fründliche Verköper see, datt se doch bitteschöön morgen de poor Möbel eerstmol annehmen schullen – de Speditschoon kreeg he nämlich hüüt nich mehr tofaten – reeg Kuddl sick noch ’n beten op, man wat sünd al de twee, dree Daag, bit dorhen schullen de Handwarkers fein innegang sien –.
Annerndags geev dat bi Lieschen denn ’n gigantische Julklappfier. Veerteihn grote, lütte, swore un lichte Kastens keemen nu in de Slaapkamer to liggen un to stahn.
Datt Kuddl dat Wiehnachten in’t Krüüz harr, hüng dormit tosamen, datt he över acht Weken lang dörch dat Schapp vun de niege Nirostaspööl klattern müss, wenn he to Bett wull. Lieschen dreep dat noch leger: Akraat vör dat Koppenn vun ehr Bett keem de niege Heerd to stahn, un een Nacht full – eenfach so – de Backovendöör rünner, wat Lieschen ’n bannigen Schreck injöög; se schreeg op un in den Oven rin – gräsig hör sick dat an – un Kuddl müss furts wedder

dörch dat Spöölschapp hechten vunwegen de Baldriandruppen.
Man twee Daag vör'n tweeten Advent keem nahmeddags 'n flietigen Handwarker un broch de frohe Nahricht, datt dat Maandag nu loosgahn schull, se harrn per Tofall 'n Termin free. Dat weer denn jo 'n fröhlichen Advent, ennelk keem nu allens in de Reeg! Ennelk kunnen se nu ok den Wiehnachtsbesök inladen – de schullen di villicht Ogen maken! Lieschen bimmel furts rüm in de Verwandschap, un se kunn dat nich laten, geheemnisvull vun 'n grote Överraschung to swiestern …
De Jungs an'n Maandag deen ok fix 'n Slag rinhauen, so as wullen se allens wedder gootmaken. Dat Lock in de Wand weer man 'n Kinnerspeel, se kregen dat sogor noch grötter hen as nödig, egentlich meist wat to groot. Man beter to groot as to lütt, meen de Catcher mit dat Stemmiesen, denn dat Rohr för den Wrasenaftuch schall jo ok dörchpassen, nich? De Fliesenmakkers stunnen em in nicks nah. Se weern de reinen Düvels bi't Anbacken, un Klock veer, as Fierobend weer, dor blitz un funkel de staatsche Pracht as dull.
As Kuddl obends nahuus keem, kunnen he un sien Fruu sick gor nich laten vör Freid, un dat full jem tähmlich swor, ut den Meister klook to warrn, de denn anreep un see, morgen wull he de niegen Waterleitungen leggen un ok miteens den Strippendreiher mitbringen, denn mit de Leitungen, dor fangt jo allens mit an, nich? As he vun de Fliesen hör, wurr he wat füünsch, denn he kunn sick de Tiet jo nich ut de Poten

sugen! Dor schult Kuddl mol tosehn, datt de Fliesen wedder afkloppt ward un em denn Bescheed seggen! Achso – noch vör Wiehnachten –? Na, he wull doon, wat he kunn.

Nah veel Hen un Her kreeg Kuddl dat denn fardig, den Klempner un sienen Fründ an'n Sünnobend vör'n drütten Advent in de Kööк to ködern, un de hebbt denn – in Swattarbeit – de Leitungen trocken. Se kregen dat so penibel hen, datt blots sössteihn Fliesen in Dutt züngen. Un sogor dat harrn se noch wedder op Schick brocht, wenn Kuddl noch noog vun de Fliesen harr. Mit de fiev Stück Rest kunnen se aber nicks mit anfangen un meenen denn, Kuddl schull sick man de annern vun'n Wiehnachtsmann wünschen. Oder weer he nich alltiets artig west? Hahaha!

Dat dee jo nu bi lütten presseern, un Lieschen weer echt mit ehre Nerven tofoot – dat Koken op de twee wackeligen Spirituskokers un dat Watersleppen ut den Lokus harr ehr bannig tosett – op jeden Fall lehr Kuddl nu de Kökenfirma dat Grugeln! Nah sienen groten Optritt meen de Püppi vun den Kunnendeenst, tegen Kuddl weer Frankenstein dat reine Sandmännchen! Den Dag vör Hilligobend schull de Köök nu kumplett inbuut warrn. Un wenn se dat nich trechtkregen, denn eben noch Hilligobendvörmeddag!

Un richtig un woll – de Jungs stunnen an'n dreeuntwintigsten Dezember Klock acht op de Matt; un jümmers wenn Lieschen vun't Inköpen nahuus keem un in de Köök schuul, weern se wedder 'n Stück wieder mit de Kökenpracht.

Klor, hexen kunnen se ok nich, un mit Backen – so fix güng dat nu nich! Un Lieschen müss sick dor denn mit affinnen, datt se de Wiehnachtspletten eerst Hilligobend backen kunn. Na, goot – de Besök keem jo eerst an'n eersten Wiehnachtsdag. Se weer al froh, datt de Düvelsdischers sowiet allens op de Reeg brocht harrn. Se bruken blots noch Heerd un Water antosluten, un dat weer annern Morgen keen Problem, in een, twee Stunnen weer allens vergeten, tschüüs denn!

Wat se denn vergeten deen, weer Kuddl, Lieschen un de Köök. Keemen eenfach nich, de Öös! Dat Möbelhuus harr dicht an'n Hilligobend, un uns Twee seten in ehr Kökenparadies sünner Stroom un Water – dat heet, »fließendes Wasser« harrn se egentlich doch, denn Lieschen blarr sick meist de Ogen ut'n Kopp. Kuddl harr noog to doon, all de Kastens tweitorieten, de noch allerwegens rümlegen.

As dat buten schummerig wurr, kunn he Lieschen ehrn Jammer nich mehr utholln un kraam allens an Warktüüch rut, wat he finnen kunn – he harr jo nu keene twee linken Hannen! Lieschen stunn in deepe Bewunnerung an de Kökendöör – dat ehrn Kuddel so'n patenten Kirl weer, nee würklich …

As bi anner Lüüd de Lüchten angüngen, güngen se bi den patenten Kirl ut.

Kuddl harr twars keenen Slag kregen un denn so noch Dusel hatt bi't Heerdansluten, man Lieschen weer nu dicht dorvör; denn wenn Hilligobend in dat ganze Mehrfamilienhuus dat Licht utfallt, denn is aber wat loos! Se much gor nich in't Treppenhuus gahn, man

dat hölp jo nu allens nicks – se müssen jo Bescheed seggen, datt se dat weern, de …
De niege Mieter ut'n Parterre wüss denn aber to'n Glück furts, wat loos weer, un nah 'n Veddelstunn güng de Sünn wedder op in't ganze Huus, sogor bi Kuddl un Lieschen. Denn de Niege weer Elektriker, un as se em vun ehrn kolossalen Trabbl vertellen, schüttköpp he kott, leep nah ünnen, weer fiev Minuten later wedder dor, un akraat Klock söben weern Heerd un Water anslaten. He weer för jem so'ne Art technisches Christkind, un Lieschen glööv vun düssen Dag an wedder an Wunner.
De Wiehnachtsbesök meen, dat weer jo würklich 'n grote Överraschung, so'n staatsche niege Köök – wenn ok mit'n poor tweie Fliesen …
Datt se üm een Hoor 'n heel annere Överraschung beleevt harrn, kunnen se jo nich weten. Un se kunnen ok nich weten, worüm Kuddl un sien Fruu so andachtsvull an't Spachteln weern, so as keem dat nich alle Daag vör, datt se 'n warm Eten op'n Disch harrn. Un dat wull partout nich in jem ehre Köpp, datt Lieschen statts »O du fröhliche« egolweg so'n albern Slager an't Summen weer, un de hör sick meist an as »Wunder gibt es immer wieder …«

Hilligobend-Beaming

De Wiehnachtsmann reev sick de Ogen un keek op sien Klock. Dunnerslag! Dor harr he jo üm een Hoor verslapen! Tjä, dat keem dor denn bi rut, bi't Verhalen op Mallorca – al Klock veer nahmeddags! Nu aber mol loos! He snapp sick sienen Büdel un wüss, mit 'n Fleger harr dat keenen Sinn mehr. Nee, he wull sick man lever beamen, so as in »Raumschiff Enterprise«, denn siene Fans in de wiede Welt, för de Wiehnacht sünner Bescherung an'n Hilligobend eben keen Wiehnachten weer, de töven nu al op em. Düchtig wied weg wull he glieks, nah Bangkok! Un ehr datt he »Hosianna!« seggen kunn, weer he ok al dor. Leider weer dor aber deepe Nacht, halvig ölben, un de Kinner weern al lang to Bett – Schiet! To laat kamen!
Denn mol fix nah Rio. Düttmol see he blots »Hosi ...«, dor stunn he al an'n Zuckerhoot. Man statts 'n fetzige Christmas-Samba hör he nu 'n Kark Klock een meddags slaan. Na ja, lang töven, dor harr he keen Tiet mehr för, un so suus he eben nah San Franzisco röber, un düttmol kunn he gor nicks seggen, denn he müss sienen Boort fastholln, so fix as dat güng! Noch veel

fröher – Klock acht in de Fröh! Nu harr he woll de Nees vull un versöch dat mit Südafrika. Dor harr he ennelk Glück un kunn noch wat beschicken, denn dat weer fröhen Obend, kott nah söss. Ok in Russland, op de Krim, keem he goot klar, jüst to sülvige Tiet. In Japan verpass he Hilligobend wahrhaftig kumplett, dor weer dat nämlich merrn in de Nacht, un Alaska weer ok 'n Rinfall, arig wat kold, tappenduster, fröh an'n Morgen, Klock söss. Un as he sick op Kuba 'n beten opwarmen wull – vunwegen: Keen Schangs för sien Büssiness an'n Vörmeddag!
Goot, nu weer em bi lütten allens schietegol, un he keek gor nich mehr hen, as he op de Landkoort tipp. Eerst as 'n Kinnerstimm plattdüütsch »Frohe Wiehnacht!« pieps, wüss he, datt he bi uns in'n Norden weer un bleev man glieks dor.
Denn nah veer Rumgrog harr he de Pin-Nummer vun sienen Beam-Controler kumplett vergeten.

Supernova

Ick weet gor nich, wat ick nu in düsse Tiet, so vör Wiehnachten, wo jo de Familie 'n grote Rull speelt, also wat ick di dor nu mit sowat – goot, ick holl ok veel vun mien Familie, de jo vun de Hugenotten afstammt, so is dat nich, un Ida ehr Süster is ok fix mit Ahnenforschung innegang un hett leider ok al 'n poor uneheliche Kinner üm achteihnhunnert rüm rutfunnen, un een vun ehre Urahnen hett sogor in'n Knast seten, also weer nich allens so erfreulich mit de Chronik in mien Fruu ehre Familie, man wenn ick mol vun de Ooroor-ooroor-un-noch-veel-oorer-Grootöllern afseh, denn stammt wi gor nich ut Frankriek oder Lüttpuckelhusen, nee, wi stammt enerwegens ut de Melkstraat! Oder vun noch wieder weg, ut frömde Galaxien, so as Captain Spork ut dat Raumschipp Enterprise oder de Jedi-Ritters un Dart Vader – all düsse interstellaren Butenhamborgers!

Tominnst 'n lütt beten in uns, nämlich de sworen Elemente in unsen Boddieh, de jo woll all de Kilos in mi op de Waag bringt. All dat swore Tüüch is vör lange, lange, lange Tiet mol as Materiestrom, as kosmischen

Stoff öber Millionen Lichtjohre weg to uns kamen un stammt – nu holl di fast: Vun 'ne Steernexplosion! Vun jichtens so'n Roden Riesen-Steern, de domols miteens as Supernova – peng! – un schoon weer he inne Grütt! Un uns sitt de ganze Schrott nu in de Knaken!

Naja, op jeden Fall weet ick nu, datt ick nicks kann för mien Övergewicht, bi all den sworen Kraam in'n Buuk. Man datt ick statts vun de Hugenotten nu vun 'ne Supernova afstamm – ick weet nich ... Sick vun de Seilerstraat op Sankt Pauli nu op de Melkstraat ümstellen, dat is nich licht. Vör allen in düsse Vörwiehnachtstiet, wo jo de Familienbande – ok wenn dor jümmers sungen ward: »Vom Himmel hoch, da komm ich her ...« – nee, laat man, dat is mi nu doch wat unheemlich –.

Un Ida seggt jo so un so, mien Buuk kümmt nich vun 'ne Supernova.

De kümmt vun Marzipankantüffeln.

Goot lopen

Is jüst de rechte Tiet, nu, wo dat Johr toenn geiht. Denn düsse Kuddelmuddel, dor müss dat nu 'n Enn mit hebben. So'n Dörchnanner, dor finnst doch nicks wedder! Alleen miene Böker: Keen Ornung in! Mien Bookföhrung – dat sülvige.

Nomalerwies bün ick jo 'n liekmödigen Typen, so nah dat Motto: Was du heute mußt besorgen, kann dir ja auch dein Nachbar borgen! Man in mien Öller mutt 'n jo ok 'n beten op Reputatschoon hollen, un so wull ick al vör Wiehnachten noch loosschesen un 'n Barg Aktenordner, Klemmappen un Schnellhefter köpen. Un 'n Karteikasten mit 'n poorhunnert Karteikoorten in ünnerscheedliche Klören, mit bunte Rieders babenop.

Man miene Söhns hebbt mi fragt, för wat ick egentlich 'n PC heff? Allens wat ick bruuk, sünd 'n poor CD-ROMs mit passliche Softwareprogramme! Un twee Daag later hebbt se mi akraat de richtigen besorgt: Een Schiev för »Literaturverwaltung – bis zu 2 Millionen Datensätze pro Datei« – dor is de Bökerornung 'n Klacks mit! Denn so »Steuern sparen – leicht und

schnell« – Sluss mit düsse stunnenlange Zeddelsorteeree! Un ’n Büssinesspack för »Professionelle Textverarbeitung, Grafik und Präsentation« – dor süht mien Poppeerkram ennelk nah wat ut!
Heff ick ok stantepeh mit anfungen, mit de niege Ornung, un tovörderst, as Ida bi ehr Süster to’n Adventskaffee weer, alle Böker, Akten un Zeddelhupen ut Schäpp un Regalen rüümt un in uns Stuuv op’n Footbodden packt, to’n Sorteern. Weer echt ’n Schinneree, un miene Jungs hebbt mi to’n Verhalen to Wiehnacht noch dree annere CD-ROMs schenkt: ’n »Flight-simulator, das realistische Flugabenteuer«, ’n Autorennvergnögen, wo du echt ’n Rennwagen stüürst, un ’n annere Schiev mit öber hunnert topaktuelle Spelen.
Un ick heff faststellt, datt düsse Aventüürschieven veel mehr Spoß makt as de annern. Man Ida is nu, nah dree Daag Oprüümen gor nich mehr so witt üm de Ogen as to Anfang, wo se de poor Saken in de Stuuv rümliggen seeg.
Se hett wedder Farv kregen, un ick kann nu flegen – dat Johr ward goot anfangen!

Mit mi nich

Mienthalven brukt se dor gor nich soveel Weeswark üm to maken. Is jo doch blots allens Kommerz. Wat dat mol weer, is dat doch al lang nich mehr. Düsse ganze Opstand – för wat denn noch? För mi doch op keenen Fall. För Kinner – vun mi ut. Man mi laat buten vör. Ick kann mi wohren. Un dor köönt se in de City noch so veele Lüchten – dat köst doch blots! Un wokeen betahlt dat amenn? Logo – wi doch! Denn glööv man nich, düssen Zirkus makt se för dien ... also datt di dat ... Neenee, dat makt se alleen för diene Piepen. För miene Piepen. So süht dat doch ut. Un nich anners.
Fröher harrn wi jo noch Johr för Johr 'n Dannenboom. Kunn gor nich groot noog sien. Bit an de Deek. Un nah Wiehnachten? Op 'n Müll. Dörch 'n Schosteen, de Dolers, för nicks un wedder nicks.
Is vörbi mit nu. Mit mi doch nich mehr. Höögstens 'n heel lütten; eenen, de nahbleven is, an'n lesten Dag för'n Ei un Botterbroot. Kersen hebbt wi woll noch. Anners ok blots een Schachtel, dat langt. Mutt langen. Hebbt de Politikers jo ok seggt: Wi mööt sporen! All.

Un bi sowat fangt dat nämlich al an. Nich eerst bi de Präsente. De hebbt wi so un so al lang köfft. In'n Sommersluss. Glöövst, ick bün blöd? Un de Göos för Hilligobend blots as Sünnerangebot, infroren. Dor is de Vagel billig denn. Goot – Nööt, de mööt nu mol sien. Un Marzipan, dat gode. Anners is dat keen Wiehnacht. Un de Schokokringel vun düsse eene Firma. Is bi uns jo Traditschoon. Un 'n beten wat dröfft wi jo nu ok verlangen. Hebbt jo arbeit noog in uns Leven. »Man gönnt sich ja sonst nichts!« Un op de poor Buddel Schampus kümmt dat denn ok nich mehr op an.
Mien niegen Antoog? De ut Cashmere? Wat schall dor mit sien? Du meenst woll, ick schall Wiehnachten in Lumpen rümlopen, wat? Wo wi doch eersten Wiehnachtsdag op dat Gourmet-Dinner gaht! Hett jo mien Fruu köfft, de Korten … Ick vun mi ut harr dat wiss nich … Öberhaupt – spennt hebbt wi ok al, so is dat nich. Fiev Euro för »Brot für die Welt« oder so.
Man de Schinken blifft hier, hehehe … Is't nich so?

Snupperdelikte

Geiht doch nicks över'n feines Snupperpläseer, meenst nich ok?
So to Wiehnachten finnt jo ok veele Mannslüüd den Weg in so vörnehme Parföng-Dorados, un wat dor mit di as Kirl passeert, dat is eenfach wunnerbor! Du büst man knapp twee Schreed in den Snupperheven sleken, dor hest al furts dat Geföhl, diene Schöh sünd schietig, diene Poten smeerig un diene Backen stickelig. Ohn datt di dat en seggt. Denn snacken deit dor nüms mit di. De wittkittelige Lohschn-Engel swevt op di to, bleckt de witten Tähn un rükt di wat vör. Klor, de smucke Deer seggt denn ok wat, man wat, dat kriggst du nich mehr mit.
Du stahmerst blots mit 'n Klümp in'n Hals wat vun »Parföng, för mien Fruu ... in so'n lütten witten un grönen Kasten – ›Oh de Puusch‹ oder so ähnlich ...«, un denn hest du miteens 'n Stück stief Poppeer in de Hand, dat stark nah Ohdepuusch oder Laffssiekritt rükt, un du snupperst ...
Nah fiev Minuten hest du an veer oder fiev Ssiekritts rükt, un du weetst nich mehr, wat du nu den Ruuch

vun dien Hand, vun den Duftwedel, vun de Verköpersch oder den kumpletten Laden in de Nees hest. Un denn köffst du dat, vun dat du meenst, de koloreerte Deoom vör di funn dat besünners exklusiv, kiekst afsluut baff to, wo de dreeunhalv Druppen stunnenlang inpackt ward as 'ne ägyptische Mumie, un denn steihst wedder op de Straat, halst deep Luft un büst seker, du hest Urlaub makt in't Paradies!
Eenmol in't Johr hett dien Nüschel di överirdsche Freid brocht; dornah aber packt di wedder dat infernaalsche Snuppergrugeln, dat grote Neesstarven – de Rüükverbrekers kriegt di wedder bi de Büx ... oder beter: Bi de Nees!
Sünndag vörmeddag, Kunzert, Musikhalle. Links vun mi sitt Ida, op de rechte Siet 'n Lähdie. Zimmermann sien Sinfonie in eenen Satz peest jüst teihn Sekunnen dörch den Saal, dor langt de Lähdie in ehre Handtasch, angelt sick wat rut, stickt dat in't Muul, un fiev Sekunnen later is mien Musikbeleevnis in de Grütt! Denn de Lähdie rükt as 'n Zentner Peppermintbontjes. All fiev Minuten dat Muul op, 'ne ganze Stunn lang. Se makt keen'n Larm, rippelt un röhrt sick nich un stinkt mi vun Sinnen. Sowat nööm ick Nees- un Dootslag!
Oder Maandag vörmeddag op dat Amt: Ick will mi dor dringend informeern över 'n kumplizeerte Saak, un de »Sachbearbeiter« hett ok Tiet för mi. Leider, mutt ick achteran seggen, man denn is dat to laat –.
Ick sitt vör em op 'n Stohl, Luftlinie 'n halven Meter, nah gräsige Verrenkungen 'n knappen Meter. He ver-

klort ’n halve Stunn lang, ohn datt he Luft halt – de mutt vull Pressluft sien! Un ick sitt dor in’n Taifun ut Knoblauch un Peppermint!!
So stell ick mi dat Fegefüür vör. Ick meen, Knoblauch alleen is jo al ’n Schock, man Knoblauch un Peppermint – ick segg di: Lever slaap ick bi’n magenkranken Bullen in’n Stall!
Ick heff blots tweemol in de Minuut nah Luft japst, man dat hett al langt; wenn ick an dat Problem denk, dat he mi dor verkloren wull, is mi hüüt noch kodderig tomoot.
Süh, un nah all düsse Neesbeleevnisse dücht mi dat denn meist as Kumpelment, wenn de Lüüd vun mi seggt, se köönt mi nich rüken.
Segg sülvst – bün ick för jem nich ’n Glücksfall –?

Wunschzeddel-Viren

Ick kann mi jo goot vörstellen, datt du di nu tofreden trüchlehnst un denkst, nu mol loos mit Wiehnachten, Wunschzeddel an den Wiehnachtsmann is afschickt, un nu kann dat Christkind jo kamen –. Jo, harrst di so dacht.

Denn du hest bestimmt keen Ahnung, wat dor baben middewiel passeert is! Ick segg blots soveel: De Killerviren hebbt toslaan! In den Wiehnachtsmann sienen Computer! Klor, du weetst seker, datt de Wunschzeddels al lang nich mehr mit de Post oder Engelkurier – ick meen, wokeen will sick hüüt noch op de Post verlaten – neenee, geiht hüüt allens mit E-Mail, anners kunn de Wiehnachtsmann dor nich mehr mit klorkamen, he is jo ok nich mehr de Jüngste. So, nu aber: Miteens hebbt sick nämlich de sogenannten Wutwunsch-Viren in siene Mailbox sleken, un nu is dor reinweg de Düvel loos! Keen Wunschzeddel stimmt mehr, allens is Tüdelkraam! Mol seggen, de veerteihnkommatwee Millionen Kids, de so dringend 'n nieges Een-Mega-Pixel-Handy brukt, mit SMS, MMS, WAP-Mjusik un WAP-Fotospeicher, polyphone Bimmelee,

Vibratschoonsalarm un hunnertnegenuntwintig annere levenswichtige Funkschonen, du – op de ehren Wunschzeddel steiht nu stattsdess so'n alberne Werbung vun 'ne Handyfirma, datt de Öllern ehre Kids man jo vör de »Schuldenfalle« bewohren schullen, also datt so'n Büxenschieter nich mitmol 'n poordusend Miese an de Hacken hett! Un dütthalven schullen de kloken Öllern man lever 'n Handy mit Limit schenken, üm datt de lütten Quasselstrippen höögstens foffteihn, dörtig oder föfftig Euro verlabern köönt! Wat jo nu eerst recht Blöödsinn is. Denn wenn de Wiehnachtsmann gor keenen Snacklolli bringt sünnern wat to'n Spelen statts to'n Sabbeln oder wat to'n Lesen statts to'n Bimmeln, denn gifft dat ok keene »Schuldenfalle«!
Man ick seh dat al kamen: De Killerviren sitt nich blots in den Wiehnachtsmann sienen Computer, nee, de sitt vör allen in uns Köpp.
Un Koppschüddeln nützt dor al lang nicks mehr …

Gediegene Wiehnacht

Nich datt du mi nu för geföhisduselig hollst, dat op keenen Fall! Ick bün 'n vernünftigen Minschen, de nich an Ufos, Engel oder den Wiehnachtsmann glöövt. Naja, an'n Wiehnachtsmann so un so nich, siet ick as lütten Buttje nah de Bescherung den Wiehnachtsmann sienen Boort in mien Unkel sien Aktentasch funnen harr – mitsamts Büdel, Rood un rode Mütz. Un as ick de Maskerood miene Öllern un den roodwienseligen Unkel präsenteer, hebbt se mi to Bett schickt un den Unkel nah Huus. Noch op de Straat weer he an't Schimpen: »Dat hett 'n nu dorvun! Wat kann ick dorför, wenn düsse neeschierige Bengel ...« Denn weer he weg un mien Glöven an den Wiehnachtsmann ok.
Mien Öllsten hett mi al mit dree Johren utlacht, as ick em vun'n Wiehnachtsmann vertellen wull. Blots as wi mit em Hilligobend miene Ollern besöken un he dörch de Wagenschiev op de Straat miteens 'n Wiehnachtsmann dörch de Sneeflocken stappen seeg, dor is he as 'n Blitz vun sienen Sitz rünnerrutscht un hett sick versteken – so seker weer he sick denn doch nicht.

Süh, un wenn ick hüüt ok vör Wiehnachten den Kopp schüddel över all den zuckerigen Glitterquatsch, de di al weken – wat segg ick: maandlang vörher ut 'n Hals ruthangt, denn is dat Hilligobend doch op eenen Slag wedder kumplett anners …
Wenn ick denn twüschen Bescherung un Göösbraten för'n Ogenblick buten stah un seh dat Kersenlüchten ut veele Finster un över mi de Steerns an'n Nachtheven, denn is mi doch egen tomoot, un ick weet nich, wat dat dor an liggt, datt schients veele Minschen in düssen Ogenblick dat sülvige spört as ick bi dat Sinneeren trüch to vergahne Wiehnachten, bi de stille Freid an düssen Hilligobend un de Ahnung, datt woll ok mol 'n Wiehnachten kamen ward, de nich so …
Man denn röppt Ida mi rin, binnen rükt dat nah Dannen, Kersen un Göösbraten, un uns Harten sünd vull Wiehnachtsglück. Ok wenn ick weet, datt ick neegsten Harvst wedder sowat vun fuchtig warr över düssen dösigen Glitterquatsch, de di denn …
Man laat wi dat. Nu is ennelk richtig Wiehnachten, un ick wünsch di heel veel Godes!

Hilligaventüür

»... ja, is klar, hab ich mir – was? Achso, ja: Lindenweg vierzehn, sechs Meter durch den Garten, dann bei der großen Tanne hinter dem Holzstapel ... Jawohl, neun Pakete, alles klar, viertel nach fünf, können sich drauf ver... jaja, und vielen Dank, bis Heiligabend denn ... ja, tschüüs ... makt wi, tschüüs denn, tschüüs!
He hüng op. De Lüüd harrn 'n Knall. Nu schull he nich blots Wiehnachtsmann spelen sünnern ok noch Schatzsöker! Man wat deit 'n nich allens för de Piepen ...
Dörteihn Bescherungen dütt Johr; keem em goot topass. Un de een noch laat obends nah teihn bi düsse Christmas-Party – de mööt Geld hebben! Blots rinkamen schull he dor, »Hohoho!« ropen un noch wat' anners, wieder nicks. Un dor kreeg he denn dreehunnert Piepen för! Man dreehunnert sünd dreehunnert, un he blots Hannes Dreier, Rentner un »Weihnachtsmann für alle Fälle«, also ok för so'ne Fiern. Un ok wenn de Party 'n beten wieder weg weer. Man mit sien Rad woll 'n halve Stunn so üm un bi.
Hilligobend, kott nah dree füng Hannes sien Tour an. He harr de Optritte passlich mit de Tieden afstimmt,

un dat weer allens op de Minuut kalkuleert; keen Rümbummeln, 'n plietsche Streckenplanung, leep allens propper un akraat. He kasseer bar op de Hand, Öllern un Kinner weern häppieh west – op Hannes weer Verlaat.

Un nu stunn he vör Lindenweg veerteihn. De Gaarnpoort weer anlehnt; dat weer gediegen, denn he harr afmakt, datt de Huusherr em rinleet ... Un in den Gaarn weer dat duuster, dat weer nich afmakt. He tapper sick den Padd lang un stolter nah teihn Meter statts nah söss in de grott Dann. Sien rode Mütz weer em op de Nees rutscht, un dat seegt egentlich lustig ut, man Hannes schimp grantig in sienen Boort, de nu vör em an'n Twieg hüng statts ünner sien Nees. He fummel em wedder vör de Snuut un hau sodennig mit de Fööt an grote Holtklaben.

»Oh Mann – de sünd hier jo woll ... !« Man tominnst harr he nu schients den Holtstapel funnen, achter den de Präsentpakete versteken weern.

Stimmt, versteken weern se. Hannes kunn soveel grabbeln, söken un zackereern – dor weer nicks. Un ok keen annern Holthupen. Un de Klock al halvig söss.

He fummel sick den Weg to dat Huus hen un bimmel. Sien Opdraggever weer furts an de Döör.

»Na, Herr Weihnachtsmann, büschen spät, nich? Noch 'n Kleinen gehoben unterwegs, was?« He lach suur: »Na, egal, Hauptsache, Sie sind da mit den ... Wo sind denn die Pakete –?«

Hannes tuckschuller. »Wat weet denn ick? Dor weer nicks!«

»Bitte –?? Was reden Sie denn da – Augenblick!« He knips dat Licht in'n Gaarn an. »Kommen Sie mal mit! Das is ja … das is ja vielleicht …«
Tosamen lepen se to den Holtstapel. Dat heet, Hannes humpel, he harr sick an de Holtklaben stött.
De Mann fleit dörch de Tähn: »Das kann ja wohl nich wahr sein!«
Dorto bimmel Hannes sien Handy. »Herr Dreier? Wo bleiben Sie denn? Wir warten hier und warten …«
»Ogenblick noch,« anter Hannes, »ick söök hier – ich such hier noch die Geschenke …«
»Geschenke –? Wieso das? Die sind doch hier!«
»Jo, weet ick! Ick – ich such hier aber andere!«
»Andere –? Sind Sie verrückt? Wir wollen keine anderen!«
»Jo, jo – aber der Typ hier will die wiederhaben und …«
De Lindenwegkirl schuul Hannes argdenkern an. »Sagen Sie mal – quatschen Sie da etwa mit den Ganoven, die meine Pakete geklaut haben –?? Jetzt is aber mal gut!«, un he reet Hannes dat Handy weg: »Hallo, Sie da!! Auf der Stelle sind die Pakete wieder hier, aber'n bischen plötzlich!! Sonst ruf ich sofort die Polizei!«
Hannes weer nu echt in Brass: »Wat schall denn dat! Geevt se mi furts dat Handy! Se sünd woll nich recht bi Troost! Wat geiht dat mi an, woneem Se Ehre Präsente verkraamt hebbt!«
Un ut dat Telefon brüll nu de annere: »Gehn Sie doch zum Teufel, Sie Heini!«
Denn weer de Leitung doot un Hannes bannig leben-

nig: »Wenn Se de Gaarndöör open laat, is dat doch keen Wunner wenn de …«
»Open –? Nicks! Die war zu!«
»De weer open, wenn ick dat segg!«
»Die war zu – Moment … Höchstens daß meine Frau – kommen Sie!«
Un he leep wedder an't Huus, Hannes hinkelig achteran. »Op jeden Fall will ick mien Geld hebben! Is doch nich mien Schuld, wenn Se …« – he weer ut de Puust nu.
Wieldess de Familienvörstand nah siene »Gattin« greep, keem ut 'n babersten Stock Gejohl un wilden Gitarrenkrach. Dor twüschen »Tokio Hotel« mit vull Pauer, un denn schesen twee Gören de Trepp dal, utstaffeert as Star War Fighter.
Vadder, Mudder un Wiehnachtsmann keken as benaut op de Maskerood, blots de Mudder winger liesen »Ooh … ooh … oh nee …« Un denn keem rut, datt de Kinner de Saken buten in'n Gaarn funnen harrn – se wullen doch blots mol kieken, wat de Wiehnachtsmann al to sehn weer, un denn legen dor all de Pakete, un de …
De Buttjes kregen wat an'n Hals, Hannes siene Piepen un de Mudder schients een toveel, denn noch op de Straat hör Hannes ehr »Ooh … oh, oh, oh … nee, oh nee!«
Den neegsten Opdrag kunn Hannes jo nu vergeten, man söss bleven noch nah un denn noch de Party nah teihn. He swüng sick wedder op sienen Drahtesel un kreeg denn allens fein op de Reeg.

Bi een Bescherung weer dat sogor heel fidel för em: Dat weer 'n feine Villa, binnen allens hoogvörnehm, de elegante Herr geev em Präsente för de lütte Dochter un ok wat för de »Gemahlin«, un Hannes schull denn nah fiev Minuten an de Salondöör kloppen, Sodennig wull de binnen luud fragen: »Wer ist denn da wohl – ?« Un Hannes schull antern: »Hier ist der Weihnachtsmann!«, un de Vadder denn: »Ach, der Weihnachtsmann? Ja, denn mal herein mit ihm!«
Nah düssen plietschen Dialog pulter Hannes also rin in de staatsche Pracht. Allens weer een Lüchten, Kersen allenwegens, 'n allmächtigen Dannenboom glitter as Füürwark, un dorvör stunn de Familie: Vadder, Mudder un Dochter. De Vadder harr woll al düchtig eenen to Bost nahmen, denn he reep jümmers »Hoho! Hoho!« so datt Hannes meist sienen Snack nich loos wurr. De Lütte see richtig nüdlich 'n Wiehnachtsriemel op un kreeg denn veer grote un lütte Kasten un de Mudder blots 'n heel lütte. Man de harr 'n güllen Sleuf ümrüm un dat Kleevetikett vun den düürsten Juwelier.
De Lähdie see mit 'n liesen Grientje »Ooh ... danke, danke ...«, so as harr se dor nie nich mit rekent, un möök denn sogor sowat as 'n Knicks vör den Wiehnachtsmann, de ehr nu blots baff anstier!
Denn de Brillidaam weer sien Danzstunnenleev. Över veertig Johr weer dat nu woll al her, un achter de smucke Deern weern se domols all achteran, un he ganz besünners. Schöön weer se, blots danzen kunn se nich; harr eenfach keen Geföhl för Rhythmus. Un mit-

eens seeg he dat wedder vör sick, wo se partout nich mitkreeg, wo Rhumba danzt ward; dor kunn de Danzlehrer noch so bölken: »Bon – de garde, de garde, bon!« – weer nicks to maken mit ehr. Un op den Afdanzball weern se sogor noch stulpert, un se harr sick de hoge Hack vun ehrn Schoh afbroken un kunn denn nich mehr danzen – dor harr he denn veel Godes vun den Obend –.

In Gedanken dor an smuster Hannes noch selig un böög sick to ehr rünner un suuster ehr liesen in't Ohr: »Frohe Wiehnacht wünsch ick, un för dat Rhumbalehren is dat jümmers noch nich to laat! Un niege Hacken gifft dat ok bi'n Wiehnachtsmann! Bon – de garde, de garde, bon!« Denn möök he 'n deepen Dener un harr sowat vun starken Afgang, datt he dor noch daaglang öber grienen müss – vör allen öber ehr open Muul un de groten Ogen.

Dat weer also 'n echtes Hailait, un as Hannes ennelk kott nah teihn bi sien'n lesten Kunnen anlang, weer he allerbest toweeg. Un em full gor nich op, datt öber den Ingang 'n Lüchtreklaam weer, de twars nich lücht, man liekers noch verkünn, datt hier dat »Palais d' amour« weer.

He bimmel, de swore Döör wurr opdoon, un vör em stunn – oder beter: swunk 'n deepes Decolletè mit veel Fruu ümrüm, un 'n hesige, deepe Stimm lach: »Na, du wilder Weihnachtsmann, denn wolln wir man mal, hahaha!«

Un ehr datt Hannes wat seggen kunn, trock se em rin, sengel dorbi sienen Boort mit ehre Zigarett an, nöödig em ’n Glas Schampus op – he müss dat partout kippen – un verklor em ünner Pruusten ümmerto, wat he seggen schull. Denn güng dat in’n schummerigen Teppich- un Pulsterheven, wo bi Wiehnachtsdisco Püppis in bannig sporsame Fummel un bedrohlich sünnenbankbruune Macker poorwies eng danzen oder öber veele Pulster henflenzt legen.

As denn aber dat Decolletè »Hier kommt er, unser Weihnachtsmann!« bölk, müss Hannes sienen Stremel opseggen, obschoons he sick bi dat »Hohohoo!« ’n beten verslöök, denn he harr den ieligen Schampus woll in’n verkehrten Hals kregen. Man denn deklameer he in eenen Rutsch: »Heute mach ich meinen Sack nich auf – – heute gibt’s was hintendrauf!«, un de Madam smeet mit’n Juuchzer lütte Rooten in alle Ecken. Furts grepen sick de Kirls de Strünken, kregen de Püppis bi’n Wickel, legen sick de hampeligen, gackelnden Wüppsteerts öber’t Knee un rüüschen op loos – een harr sogor twee Poor Strampelbeen tofaten; een öber dat rechte, dat annere öber dat linke Knee.

Hannes stunn dor as fastnogelt, sowat harr he noch nich sehn! Un he weer sick nich klor, wat he dat nu lustig oder tähmlich afartig finnen schull. Man denn schööv em dat Decollete nah buten, drück em de Piepen in de Hand – sienen Boor kunn he düttmol redden vör de Lulle – un buten weer he wedder.

He plier op de dreehunnert Euro, denn op dat »Palais d’ amour«, schüddköpp ’n tietlang, brummel verdattert: »Wat dat nich allens gifft ...« un pedd denn dörch eensome Straten trüch in sienen Hilligobend, de nu

twars ’n beten wat laat, man dorför ümso freedvuller un kommodiger weer.
Neegst Johr aber wull he – verdammi nochmol! – beter oppassen, wat denn an Bescherungen op em to keem!
Man denn tell he siene Euros un weer seker: As Oosterhaas harr he dat nich verdeent!

Wiehnachtsobend

Na, büst nu in Dutt un kaputt? Vun all de Raseree vör Wiehnachten? Denn sett di doch eenfach mol ’n Ogenblick hen un frag di: Worüm hebbt de Lüüd dat so hilt, wo se doch Wiehnachten fröhlich sien schullt? Hebbt se Bammel, wat to vergeten, dat Wiehnachten eerst so recht to Wiehnachten makt? Den Slips för Unkel Fred, den niegen i-Pod för den Büxenschieter, den Göösbraten, Wien un Wat-weet-ick?

Nee, du – dat würklich Wichtige kannst woll gor nich köpen, denn dat gifft dat meist ümsünst, brukst denn blots ’n beten Tiet för ... So lang as ick mi trüchbesinnen kann, heff ick mi Hilligobend jümmers de Tiet nahmen, üm dat to finnen, wat so eenmolig is an düssen Dag. As lütten Jung bün ick Wiehnachtsobend noch mol in Dustern op de Straat gahn un heff to all de Finsters mit dat Dannenboomlüchten ropkeken un mi freit op uns warme Stuuv in’n Kersenschien un den Ruuch vun Dannen, Schoklood, Kringel un Braatappeln – dat weer för mi Wiehnachten.

Veele Johr later wull ick to’n eersten Mol mit Ida Wiehnachten fiern un weer in uns lütte Kamer dorbi, uns eersten egen Dannenboom optofleen, wieldess Ida noch op Arbeit weer, dor speelen se in't Radio »Leise rieselt der Schnee«, un jüst denn danzen an de Schieven plusterige Sneeflocken; un ick stunn lang an't Finster, drööm in den schummerigen Nahmeddag, sinneer öber uns Tokunft un harr üm een Hoor den Minibraten vergeten, de al in'n Ofen smurgel. Man bit hüüt nich vergeten heff ick dütt wunnerbore Wiehnachtsgeföhl domols …

Un wedder veel later bün ick mit mienen Vadder un uns twee Jungs Hilligobendnahmeddag buten vör de Stadt spazeern lopen; de Lütten hebbt in'n Snee toovt, un twee Vadders un dree Söhns hebbt sick freit op den Hilligobend tohuus.

Un wenn du nu wunnerwarkst, woso dor op eenmol dree Söhns weern, denn is dat'n heel swore Denksportopgaav, un för de laat di man Tiet bit nah Wiehnachten.

Denn hüüt is Hilligobend, un dor is wat anners wichtig – frohe Wiehnacht, leeve Lüüd!

Mann un Fruu

Dor heff ick mi aber mit op't Krüüz leggt, ohauoha! Denn segg mol sülvst: Dor kannst doch nich mit reken, datt sowat so ... Wo ick dat doch blots mol as fidelen Jux, wiel datt Ida egolweg: Schöh köpen! Een »Schnäppchen« nah dat annere! Un pass denn jo düsse Booktitel akkrat to ehre Macke, also worüm Fruunslüüd jümmers Schöh kööpt un Kirls jümmers lögen doot. Naja, dat Tweete weer natürlich Tühnkraam, man ick heff ehr dat Book denn so Wiehnachten ünnern Dannenboom leggt. Ohn datt ick dor vörher rinkeken harr, wat mi jo normalerwies nich passeert, denn dat gifft jo Böker, de ... also sünd denn mehr för ... för »gefestigte Charaktere«, versteihst du; man dat hier weer leider fast in Plastik inpackt un weer denn nicks mit Kuntrulleern.

Weer denn jo ok echt 'n Fehler. Twars leeg dat Book ok noch dor, as de Dannenboom al lang weg weer, un Ida harr mi blots suur ankeken, as se dat vun't Schohköpen lees, man 'n poor Weken later, obends in't Bett – du, ick dach, de ward nich wedder! Hett se doch düsse Swaart bi'n Wickel un lacht sick kaputt! Lees mi al fiev Minuten wat vör un pruust sick meist vun Sinnen: »Weissu, warum von 'ne paar Millionen männliche Samenzellen bloß ein'n den Weg zu de Eizelle findet? Hahaha, weil die annern Döösköppe nich nach'n Weg fragen mögen!« Un denn, datt Mannslüüd jümmers blots een Saak opmol köönt, wieldess de Lähdies locker twee, dree, veer ...

Laat mi an Land! Mien Huusfreden vun över veertig Johren weer op een Slag in Dutt un kaputt! Dörch so'n dösig Gelaber! Un hett sogor 'n Ehepoor schreven, dat Book! Much nich weten, wat bi de tohuus so aflöppt!

Na, ick heff dor denn eerstmol sülvst rinkeken, un stell di vör: Ida hett wedder mol de afsluut verkehrten Stellen leest! De richtigen heff ick ehr denn furts ankrüüzt; to'n Bispill de vun de Lähdie, de ehrn Gatten fragt: Wirssu mich auch noch lieben, wenn ich mah alt un grau bin? Un he denn: Aber sicher! Ich werd dir sogar schreiben!

Kuraasch

Logo, in'n November denkst jo, Januar is noch so wiet weg; dor fallt dat denn ok licht, 'n Termin för'n Tähndokter antomellen – Dingsdag, sössten Januar, Klock negen. Goot. Man nu is de Sösste al neegste Week! Also dor heff ick mi jo echt op't Krüüz leggt in'n November … Un dorbi is de Kusentrecker dat reine Schreckgespenst för mi, al mien Leven lang! Un wenn ick ehrlich bün – eenmol, is al lang her, dor heff ick mi op den Weg hen to'n Tähnknieper sogor in de Büx – blots 'n beten, man liekers! Man de Dokter hett seggt, dor schull ick mi man nicks ut maken: Den eenen sleit dat vörher op'n Darm, den annern dornah – wenn he de Reken kriggt.

Mann, wenn ick blots nich so'n Bammel harr … Ick kaam ok furts dran, hett he seggt … Un wenn nu jüst denn en kümmt, de gräsige Tähnpien hett un ward denn kold un snippsch afwimmelt, blots wiel datt ick dor stünnenlang op den Marterstohl tatter – dat weer denn doch unminschlich, sowat!

Ick glööv, ick roop em an, datt ick leider de Grippe oder 'ne Allergie – jo klor, op so'ne Utsichten reageer

ick nämlich allergisch! Un mit Allergie is nich to spoßen! Ick seh mi dor jo al sitten, Muul sparrangelwiet open, teihn Pund Watte in de Backen, un he denn mit siene Mörderfräse innegang: Jiuuuh ... jiuuuh ... Un ick krigg denn miteens 'n roden Ballerkopp vunwegen mien Allergie! Kann ick mi al vörstellen, wenn denn de brutale Hölpersch mit ehr glösern Smailing: »Na, sehn Sie – nu kriegen Sie ja direkt wieder 'n büschen Farbe, hehehe, gar nich mehr so leichenblaß wie vorhin!« Un rammt mi dorbi de Afsuugpump in de Görgel, wieldess de Henker mi 'n Stück vun mien Tung afsabelt – is allens mol passeert, jojo! Un ick mutt mi denn in Tokunft een afbreken mit mien Stummeltung! Entschetschlich, schowat!
Dor kann mi nu blots noch »Höhere Gewalt« hölpen. Mol seggen, de Tähnknieper fallt de Treppen dal. Oder ok ick. Wo du an sehn kannst, datt ick anners keen Bangbüx bün. Blots datt 'n nieges Johr nu partout so anfangen mutt – nee!
Segg mol – kannst du den Termin nich mit mi tuuschen –? So März, April ... dor stah ick ok furts op de Matte, du kennst mi jo!